박세현 산문소설

페루에 가실래요?

박세현 산문소설

페루에 가실래요?

예서

이 소설은

2020년 7월 10일에서 8월 10일 사이에 중계동 집필실에서

코비드19 방역 수칙을 지키는 가운데 작성되었다.

차례

스포일러___7

폐루에 가실래요?___9

작가의 말___245

스포일러

나(68세): 초현실주의자.

준(68세): 6월에 태어났다고 거짓말하는 남자. 로리 무어의 말을 자기의 말이라고 착각한다. "문학의 유효한 주제는 하나뿐이다. 인생이 당신을 실망시킬 것이라는 사실."

차이(58세): 홈리스가 꿈인 인류.

정소설가(51세): 조상의 임진왜란 참전수당 지급을 청원하면서 소설가에서 근무한다.

여자(63세 혹은 64세): 문득 밀려왔다가 사라지는 파도 같은 인물. 작가도 이 캐릭터에 대해 아는 바가 없다. 결핍 혹은 욕망.

페루의 주인남, 알바녀: 사람들은 더러 이들의 삶을 흉내낸다.

1

오늘 아침 트위터에서 본 사진이 머리에 남아 있다.

사진은 구스타프 말러가 행인에게 길을 묻는 장면이다.

말러는 행인이 손을 들어 가리키는 방향을 바라본다.

말러는 잘 알았다는 표정을 짓고 있다. 사진에는 '구스타프 말러가 길을 묻는다(Gustav Mahler asking for directions)'는 설명이 붙어 있다. 나는 사진 설명을 내 앞으로 쭈욱 당겨서 재작성해 본다.

구스타프 말러가 길을 묻는다.

시인 박세현 씨 동네는 어디입니까?

2

나는 68세 남자다.

79세인지도 모른다.

어쩌면 여자인지도 모른다.

나는 1953년 근처에서 우연하게 태어났다. 사실 그런 건 나와 상관없는 일이다. 사람들은 나를 예순 여덟 살짜리 늙은 남자라고 단정한다. 나는 그렇게 여겨질 뿐이다. 가끔 나는 자주 내가 이미 죽은 사람이 아닐까 자문해본다. 죽은 채로 하루하루 살아간다. 당신들은 어떤지 모르겠다.

나는 전직 교수다. 교수로 은퇴했다는 말이다. 무슨 특별한 학문을 세공한 것도 아니고 명강의를 완성한 일도 없다. 그저 그런 교수였지만 사실은 그보다 한 칸 밑이었다고 하겠다. 나는 그런 내가 대견하고 고맙다. 어떤 주의나 주장도 내가 속한 사회에 보태지 않고, 한 번도 넥타이를 맨 적이 없는 남자처럼 비체적으로, 비공식적으로 살아왔다. 이 대목에서 나는 10초간 나를 위해 기립박수를 보낸다.

교수라는 정보를 누설했지만 사실 나는 시인으로 불리기도 한다. 시를 쓰고 시집을 인쇄한 전력이 있다는 점에서 그렇게 불리는 일은 상투적 관행이다. 그러나 그건 내 문제가 아니라고 본다. 나는 시인이라는 이름에 갇히는 걸 소망하지 않는 사람이다. 혼자 있을 때 나는 시인이 아니다. 시인이라는 개념이 있다면 나는 가장 비시인적인 태도로 살아간다. 그게 나의 근원적 기쁨이다. 일련의 고뇌와 고민과 고상과는 거의 전혀 상관없이 헐겁고 경박하게 산다. 역시 나의 자부심이다. 이 대목에 이르면 이 사람이 자기 넋두리를 펼친다고 짐작하실 것이다. 그럴 수도 있다. 그러나 사사롭게 나를 아는 인연들은 이 작자가 자기를 문장으로 오픈할 사람이 아니라는 의심도 가질 것이다. 그럴 수도 있다. 나는 그 어느 편도 만족시킬 생각이 없다. 생각이란 당신들의 것이고 당신들의 리얼리티이기 때문이다. 나는 내 글을 써 갈 뿐이다. 이쯤에서 독서를 접고 일어나서도 좋다. 그건 당신이 할 수 있는 실존적 저항의 방식이다. 나는 그런 당신을 지지한다.

3

나는 지금

교수 생활을 하지 않는다. 당연한 일이다.

나는 그 사실을 반복적으로 강조하고 있다.

지나간 물결이다. 그리운가? 아니다. 재탕하고 싶은가? 아니다. 조서를 작성하듯이 그냥 쓰고 있다. 추억할 뿐이다. 추억? 내가 써놓고 혼자 싱거워한다. 추억이라는 기표가 거느리는 낡은 기의 때문이다. 추억은 거기에 오래 추념할 무엇이 있어야 한다. 돌이켜보자면 우아하고 품격 있는 물결은 없고 그날그날 허덕이며 강의하던 기억이 고작이다. 마주치는 교수와 나누는 인사마저도 강의 있습니까, 식사하셨습니까와 같은 다이얼로그가 고작이다. 아카데미즘은 존재하지 않았다. 나의 전공은 한국문학이다. 우리 식으로 말하면 현대문학이고 학위논문은 현대소설이다. 더 구체적으로 말하면 석사논문은 채만식의 인물 연구이고 박사는 김유정 연구다. 시를 쓰면서 소설을 전공으로 삼은 것은 자기모순이자 분열이다. 훗날 대학에 취직할 때 이 문제는 기다렸다는 듯이 정확하고 음흉하게 나의 발목을 잡는다. 소설 전공을 초빙하는 자리에서는 시인이라는 시비를 걸고, 시 전공을 뽑는 곳에서는 소설 전공자라는 이유로 배제된다. 초등학교 동창 중에는 매일 전봇대에 올라가는 위험한 일로 먹고 사는 친구가 있었다. 살아있는 전기를 만지는 일을 전공이라 불렀다. 그렇든 저렇든 전공은 늘 위험하다는 생각이 늘 나를 지배한다.

> 출석부 고쳐 들고 강의실 문을 여니
> 다른 교수가 강의하고 있었다.
> '미안합니다.' 문 닫고 보니 내 강의실은 다른 건물.
> 밖에 나와 아무리 찾아봐도 그 건물은 없다.
> 꿈이 끊긴다.

황동규 시인의 「한밤중에 깨어」의 앞부분이다. 나는 이제 더 이상 황선생처럼 출석부를 고쳐 들고 강의실을 헤매는 꿈을 꾸지 않는다. 개꿈은 없다고 융은 말했지만 나는 이제 그런 개꿈은 꾸지 않는다. 과거는 와이퍼로 싹 밀어버렸기 때문이다. 논문도 쓰지 않는다. 논문은 학문으로 먹고 사는 축들에겐 꿈이기도 하지만 짐이기도 하다. 그러나 앞에서 슬쩍 언급했듯이 언제나 이미 나는 학자는 아니다. 학위를 가졌으니 그렇게 불리어질 수는 있으나 나는 아니다. 나는 문학을 가르치는 사람이기보다 문학에 대해서 떠들고 싶은 인간이었다. 문학이란 혼돈에서 깨어나고 싶지 않은 문학충이고 싶은 인간이었다. 사랑이 그렇듯이 문학에 대한 절대적인 오해와 맹목적인 믿음만이 나의 것이다. 사랑해선 안 될 사람을 사랑하는 좌불안석만이 오랫동안 나를 지배했다. 문학이란 무엇인가. 이 대답 없는 메아리 속에서 방황하고 싶은 언어적 용병이었다. 그것은 어느 정도, 웬만큼 수행되었다고 자평한다. 이런 판단은 나의 기준이다. 공식적인 표면에서는 그렇지 않을 수 있다. 공식과 비공식의 틈 사이에 나는 표류한다. 그 자리가 내 문학의 자리이기도 하다. 그 자리는 좀체 눈에 띄지 않는다. 나의 문학은 문단에 기입되지 않았거나 상징화되지 못한 실재의 부스러기 같은 무엇이다. 그것마저 지워진 자리가 내 자리다. 더 지우지 마시라.

4

　길 건너 마트로 가기 위해 편도 2차선 도로를 무단횡단했다.

　십여 미터 위쪽에 건널목 신호가 있지만 걸음을 아끼려는 잔꾀였다.

　전직 교수는 시골노인처럼 무단으로 길을 건넜다. 도로의 가운데쯤 왔을 때 등 뒤에서 중년 이상의 다급한 목소리가 들려왔다. 그 목소리가 나를 지목하고 있음을 직감한다. 경찰이었다. 그럴 줄 알았다.

　나는 살면서 '운 좋게도' '다행스럽게' '때마침'과 같은 말들의 도움을 받은 기억이 없다. 그는 내 곁으로 와서 나의 교통법 위반을 통고했다. 능글능글하고 완강한 공권력이 내 앞에 섰다. 동네 경찰을 하기 맞춤한 체격에 지구대 간판 같은 표정을 짓고 있었다.

　"무단횡단을 하면 어떡합니까?"

　"좀 급한 일이 있어서 그랬습니다."

"그래도 그렇지. 사고 나면 우리도 골치가 아파요. 면허증 주세요."

"없는데요."

"고등학교 졸업하고 시골서 올라와 쭉 이 일을 합니다. 내년이면 나도 정년입니다."

"고생이 많으셨군요."

"고생은요. 면허증 주세요."

"보행자 면허증은 없는데요."

"몇 살이세요?"

"글쎄요. 칠십오 세쯤 됩니다."

"그렇게 안 보이는데요. 하여튼 면허증 제시하세요."

"한번만 눈 꾹 감아주세요."

"다음부터 조심하세요."

"정년까지 몸조심하십시오. 수고하세요."

나는 정년 일년 남은 공권력과 악수하고 마트 에스컬레이터에 노구를 실었다. 오늘 나는 전직 교수도 아니고 시인도 아니고 무단횡단자이다. 그리고 무직이다. 몸이 그렇듯이 삶도 이렇게 허술해진다. 조금 슬펐지만 조금 우습기도 했다. 무단횡단이 뭐 어때서. 씨발.

커피 생각이 났다.

커피나 한 잔 해야겠다.

커피는 군소리 없이 나를 달래줄 것이다.

5

나는 나를 견디기 위해 시를 쓴다.

나는 나를 어루만지기 위해 시를 쓴다.

시는 나를 버텨주는 힘없는 나만의 주이상스다.

자판을 두드리고 있는 그 순간에만 반짝거리는 나의 진실을 위해 쓴다. 이 문장은 뭔가 자기를 속이기 위해 하는 말 같다. 이해하고 넘어가자. 이건 소설이니까. 이제 내 본업에 대해 잠깐만 털어놓고 지나가겠다. 나는 매일 또는 가끔 시를 쓴다. 시쓰기가 나의 소명(vocation)은 아니다. 대충 나를 버티는 자생력이다. 대단한 자부심과 대단한 사명감도 아니다. 그런 감들은 나와 무관한 영역이다. 다시 말해 공적인 자부심과 사명감 따위는 나의 몫은 아니다. 나는 그들이 졸고 있는 사잇길을 걸어간다. 그게 나의 시다. 나는 습관인 듯이 관습을 수행하듯이 시를 쓴다. 시 없이는 하루도 못 살 것 같다는 엄살을 떨자는 게 아니다. 시는 그저 최소한의 내 표현이거니와 최대한의 숨쉬기이다. 평론가 흉내를 내자면 앞의 문장에서 '그저'라는 부사어가 주목되기를 바란다. 내 시가 가질 수 있는 혹간의 열정과 교만심을 지긋이 눌러주는 자제력을 어르고 있는 단어다.

올해에 나는 두 권의 산문집을 인쇄했다. 『거미는 홀로 노래한다』와 『거북이목을 한 사람들이 바다로 나가는 아침』이다. 아는 사람은 알 것이고 모르는 사람은 모를 것이다. 나는 내 책을 읽었다는 확신이 서는 독자를 만나보지 못했다. 우선은 소위 저자가 사인을 해서 증정한 범위 안에서만도 그렇다. 우리는 그저 자기 말만 할 뿐이다. 듣기가 그렇듯이 읽기도 고달픈 노동이 된 세상이다. 나는 누구도 탓하지 않는다. 대신 나는 당신들의 책도 읽지 않는다. 이게 나의 엄격한 독서의 잣대이자 조용한 복수혈전이다. 앞의 책은 시에 대한 이종격투기적이고 파편적인 나의 단상들을 묶었다. 시인과 독자가 교체된 시대에 나의 생각은 도착적으로 읽힐 수밖에 없다. 내가 책에서 끊임없이 떠들어댄 것은 너무 시 같은 시들이 많다는 비판과 더불어 너무 잘 쓴 시들이 많다는 지적이다. 두 가지는 시를 쓰는 사람들끼리의 암묵적 야합이다. 내 책은 시에 대한 평균적 야합을 무시하기 위한 나름의 저항이다. 그 친구 시 좋던데. 이따위 인상비평이 바로 이런 평균적 합의를 증빙하는 병균적 동의다. 속지 말아야 한다.

"박세현 시인의 산문집이 출간되었다. 산문집이라 명명했지만 여러 장르의 글을 한 데 묶은, 장르혼합적 글쓰기를 보여주는 책이다. 그렇게 어딘가에 귀속되거나 정의되지 않으려는 노력 자체가 '나는 내가 생각하지 않는 곳에 존재한다'는 명제를 떠올리게 한다. 재즈의 임프로비제이션과 조화로운 멜로디를 분절한(혹은 거부한) 힙합적인 그루브로 씌여진 텍스트는 박세현 시인의 전매특허가 된 지 오래다. 스스로 장르의 규범을 깨서 그 자체로 장르가 된 글쓰기랄까." 시인 김겸이 자신의 페이스북에서 내 책에 대해 언급한 문장들이다. 서평은 내 산문집에 대한 덕담과 과찬 그 이상은 아니다. 그런 줄 번연히 알면서 나는 짧은 서평을 두 번 거푸 읽고 감격한 톤으로 그에게 전화했다.

두 번째 산문집의 경우, '어느 우상학자를 위하여'가 내가 설정한 제목이었으나 다소 고답적이라는 의견이 있어 버리게 되었다. 출판사가 선택한 제목은 꽤나 길어졌다. 제목의 글자 수가 많아서 책의 주인인 나도 더러 제목을 잊어버린다. 제목이 길거나 난삽한 것은 일종의 문학적 사기다. 인문학적으로 바꾸면 언어적 개수작이다. 그러니 제목이야 길든 말든. 이 책은 자전적 산문이라는 장르 표지를 붙였다. 주로 나의 사적인 얘기를 한다는 점에서 자전적이지만 그것이 꼭 현실과 부합하지 않을 수 있다는 점에서 허구적이다. 화자이자 대상 인물인 h는 어느 정도는 저자와 일치하지만 어느 정도는 저자와 다른 존재다. 표4에 쓴 'h는 나의 대역이자 뜬소문'이라는 문장은 이를 두고 한 변명이다. 오토픽션 내지는 세미 오토픽션쯤 되는 에세이다. 지금 쓰고 있는 장편소설도 그런 계보이자 자가당착이다. 산문소설이라고 명명하고 장르명을 설득해 나가는 중이다. 이 글의 외로운 행로가 될 것이다. 건투를 빈다. 당신도 손을 흔들어주는군.

6

나는 아침 산책에 나선다.

조용히 일어나서 덜 깬 나를 깨우면서

세수를 하고 그리고 먼 길을 아주 먼 길을 떠난다.

나는 도심 산책을 즐기지만 아침결엔 형편에 맞게 동네를 돌아다닌다. 즐긴다는 말을 설명하려다 그냥 지나간다. 4호선 전철 상계역을 건너면 본격적인 상계동이다. 아파트보다 단독주택 밀집지역이다. 4층짜리 빌라가 빼곡한 비좁은 골목길을 걸어간다. 골목길은 차 한 대 지나가기 바쁘다. 나는 잠이 덜 깬 골목길 이곳저곳을 돌아다닌다. 비슷비슷한 집들, 비슷비슷한 골목, 비슷비슷한 쓰레기들, 버려진 의자, 자전거, 통기타, 유모차, 버려진 물건들은 잠깐 나를 우울하게 만든다. 코로나 시대를 지나가던 상계동 차라투스트라는 말한다. 버려질 때마다 그대 안에 광채가 솟아나리라. 비슷비슷한 개들, 비슷비슷한 자동차, 비슷비슷한 남자들, 여자들, 노인들, 아이들. 동네 골목의 구조와 거기에 어울리게 들어선 집들의 구성이 반복적인 삶의 리듬을 복제해놓고 있다. 누구의 삶이나 이런 어지러운 골목길 같은 제의(祭儀)를 반복하고 있다.

반복적으로 숨을 쉬고, 반복적으로 밥을 먹고, 반복적으로 사람을 만나고, 반복적으로 화를 내고, 반복적으로 반성을 하고, 반복적으로 슬퍼하고 반복적으로 기뻐한다. 살고 또 산다. 꾸역꾸역 산다. 왠지 꾸역꾸역은 남한사회의 20세기적 삶을 대변하는 부사어 같다. 산뜻해보지 못하고 기구하게 살아낸 삶을 함축하는 말이다. 시달리고 학대받고 끌려다니고 눈치 보면서 괜찮은 을의 자리를 확보하기 위해 죽을 쑤면서 살았던 시절이 아니었던가. 죽 쒀 개준다는 속담은 서글픈 자기연민이다. 차라리 죽 쑬 때가 나았다고 회고하게 되는 냉소적 관점도 지저분한 정치현실에 대한 구시렁거림이다. 나는 작가의 의도와 상관없이 독백하는 소설 속 인물처럼 홀로 내 말을 지껄인다. 절대 삭제하지 않을 것이다. 블록.

나는 반복적으로 시를 쓴다.
나의 약점이자 열등감은 여기에 숨어 있다. 반복적으로 시를 쓴다는 사실에 대한 환멸이 그것이다. 시라는 개념은 반복과 동일한 위치에 놓이지 않는다. 어떻게 생각하세요? 동의하시는군요. 그러시다면 나의 시쓰기에 대해서도 이해해주실 것이라 믿습니다. 대리언 리더의 『여자에겐 보내지 않은 편지가 있다』는 제목을 차용하자면 시인에겐 언제나 쓰지 않은 시가 있다. 시인을 시인의 자리에 있게 만드는 그 한 편의 시 말이다. 100벌의 드레스가 있어도 당장 입고 나갈 드레스가 없다고 말하는 여성처럼 100편의 시를 썼어도 쓰지 않은 시가 있다고 말하는 시인을 달래주어야 한다. 여성에게 여성의 자리가 비어 있듯이 시인에게도 시의 자리는 비어 있다. 시인은 운명이나 소명이 아니라 해명되지 않는 더러운 누명이다. 독자는 오해 없길 바란다. 앞의 문장들은 저자의 말이 아니라 작중 인물이 작가의 의도를 벗어나서 자기 멋대로 떠드는 애드리브다. 일종의 ng다. 수정과 자기 검열 과정에서 삭제될지도 모른다.

산책을 마무리 하고 건널목에서 신호를 기다리고 있을 때 나이 든 남자가 동행에게 건네는 말이 귀에 허락 없이 들어와서 자리를 편다. 어제는 도봉산에 올라가서 두 시간 동안 자다가 내려왔다네. 왜? 집에 있음 뭐해.

스틸 라이프 三峽好人 / Still Life

2006 / 108min / 중국, 홍콩 / color / DCP / 12세 관람가

연출 지아장커 / Jia Zanag Ke

출연 한 산밍, 자오 타오, 왕홍웨이

아내를 찾는 남자, 산밍

남편을 찾아 길을 떠나 온 여자, 션홍

16년 전 떠난 아내를 찾아 산샤(三峽)를 찾은 산밍. 아내가 써놓고 간 주소는 이미 물에 잠겨버리고, 수소문 끝에 찾아간 처남에게는 문전박대만 당한다. 낮에는 산샤의 신도시 개발 지역에서 망치를 들고 휴일에는 아내를 찾아 헤매는 산밍. 그는 아내를 만나고 딸과 재회할 수 있을까. 소식이 끊긴 지 2년째. 남편을 찾아 산샤로 찾아든 또 한 명의 여자, 션홍. 그를 만나러 찾아 간 공장의 허름한 창고에서 자신이 보

낸 차(茶)만 덩그러니 남겨져 있다. 마치 자신의 존재처럼. 가까스로 남편과 조우한 선홍은 그의 곁에 이미 다른 이가 있다는 것을 알게 되는데. 각기 다른 듯 비슷한 사연을 가지고 산샤로 흘러들어온 산밍과 선홍의 여정은 어떻게 될까. 홀로 산샤의 강을 천천히 내려다보는 두 사람. 강은 아는 듯 모르는 듯 유유히 흐른다. 2006년 베니스영화제 황금사자상 수상(다음 검색창).

스틸 라이프 〔영화여행〕

F열 22번

2020년 07월 12일 2회 15:30

초대권 (0원)

서울아트시네마

지아장커의 말: 중요한 것은 그 인물이 있는 공간입니다. 공간 안에는 여러 인물이 있고, 사건이 있지만 중요한 것은 인물이 떠나간 다음에도 공간은 남는다는 것입니다. 그리고 거기서 다른 사건이 생길 수 있습니다. 그러니까 공간은 단 한 개의 사건이 아니라 여러 개의 사건, 복수의 사건을 품고 있습니다. 사건은 시간이 지나가버리지만 장소는 거

기 머무르는 것입니다. 내가 다루는 주인공이 그곳에 오기 전에 다른 사건이 있었을 것이고, 그 주인공이 가버린 다음 다른 사건이 시작될 것입니다. 내 영화에서 인물이 그 공간에 오기 전에 시작하는 것 혹은 떠나간 다음에도 여전히 카메라가 거기 남아서 그 장소를 보여주는 것은 그 시간이 이 공간의 입장에서는 일부에 지나지 않는다는 것을 다루려는 것입니다.

(김정구, 「현실이 영화를 부를 때」에서)

영화 속에서 UFO를 봤고, 건물이 로켓처럼 하늘로 날아가는 것도 봤다. 현실 속에 섞인 비현실이 더 현실스럽게 다가왔다. 현실은 비현실에 가 닿고, 비현실은 언제나 현실의 실감으로 다가온다. 스틸 라이프가 끝나고 편의점 전복죽을 먹으면서 전복죽에 이어 지아장커의 「상해전기」를 보기로 했다. 집에 가면 뭐해. 시간이 촉박해서, 저녁 대용으로 전복죽을 후루룩 마시는데 편의점 밖으로 비가 뿌린다. 지금 죽이 넘어가니. 빗소리듣기모임 준회원들은 바쁘겠다. 사랑스런 그대들 분발하시라. 내 책에 반복적으로 등장하는 빗소리듣기모임이 맥거핀처럼 하나의 장치라는 걸 눈치 챈 독자도 있다.

상하이의 과거와 현재, 객관성과 주관성이 뒤섞여 흘러간다. 상하이의 역사를 기억하는 17인의 인터뷰가 화면을 물들인다. 다큐와 픽션이 서로에게 삼투한다. 당사자가 당사자의 기억을 회상하는데 2% 정도 진실성이 결핍되어 보이는 소이는 무엇일까. 종로 3가 서울아트시네마 D열 6번에 앉아서 나는 「상해전기」 속으로 충분히 몰두하지 못하고 자주 머리를 흔들어야 했다. 편의점에서 흡입한 전복죽이 위장이 아니라 전두엽 안쪽에서 자신이 허구라고 속삭였다. 극장 바깥에 내리는 빗소리가 고막을 울리는 듯 했다. 환청이다.

영화관을 나와 종로를 걸었다.

지아장커라면 지금 이 장면을 어떻게 찍을지 궁금하다.

카메라는 내 등 뒤에 있고, 걸어가는 내 앞으로 드러나는 거리와 자동차와 사람과 건물들이 찍히겠지. 영화 용어로는 무어라 하는지 모르지만 인물은 한쪽 구석으로 몰고 공간을 크게 확대하는 촬영 방식이다. 「스틸 라이프」에서 보게 되는 기법이다. 비가 온다. 나는 우산 없이 걸어간다. 좀 늦은 시간이라 거리는 한산하다. 길 건너편 건물에서 흰 천에 날염된 검은 캘리체가 엄연하게 비에 젖고 있다. 남의 뜻을 잊지 않겠습니다. 남은 님의 오독이다. 착시는 무의식이다. 님은 그즈음 성추행 의혹으로 극단한 시장을 지목하는 듯하다. 나는 뜬금없이 깨닫는다. 남의 뜻을 존중하자. 우산 쓴 남자 사람 둘이 걸어가면서 대화한다. 그들의 대화가 편집 없이 들려온다.

"낼 집회가 있다."

"민주화된 지가 언젠데 아직도 데모질인가."

"민주화는 목표가 아니라 과정이다. 보수 좌파로는 더 이상 안 된다는 게 지배적인 여론이다."

"기묘한 모순어법이다. 요즘 우리 현실 같다."

"내일은 전노련에서 집회를 주도한다."

"노동자들이 다시 일어나는가 보군."

"노는 사람들 모임이다. 전국노는사람연대라는 조직이다. 전국적으로 연대하는 참을 수 없는 격랑이다."

"별 게 다 있군."

"비켜. 자전거 온다. 봐라. 인도에서 자전거 타는 민국이 대한이다."

6-3

비. 작가. 권력. 트위터. 갑질. 빠. 잡놈. 세금. 공소권 없음. 길 상사. 나 엔니오 모리코네는 죽었습니다. 수국. 김종삼 문학 비. 철원 노동당사. 도피안사. 남자 혼자 사는 법. 기나 긴 이 별. 현실은 허구를 지나가야 한다. 오늘의 확진자 동선 공개. 출발 FM. 산문집 출판을 축하드립니다. 한 권 사 주세요. 블 라디미르 나보코프. 그는 자기 자신의 삭제본이었다. The House of Rising Sun. 연필. 서울독립영화제. 채소가게 주인 처럼 글쓰기. 영업 중. 순례의 해. 시를 착취하다. 소설가 구보 씨의 3일. 슬픔에 관한 책. 밤산책. 불꺼진 창. K-포이트리. 욕 창. 빗방울. 눈물 방울. 방울방울. 금천구청. 모르는 사이. 2월 하순의 후쿠오카. 24city. 내가 쓴 소설 속의 인물들이 노조를 결성하다. 한번, 그렇게 보낸 가을. 옥수수. 환멸코리아. 현대 시. 현재 서울 기온 17.5도. 노원역 4호선 7-2 승강장. 김수영 탄생 100주년. 위화. 한물 간 시인들. 독한 소설 작법. 존 윌리

엄스. 늙은 가수의 늙은 노래. 정부재난기금으로 스타벅스 아메리카노. 목 없는 양말. 잘 계시지요? 그때는 맞고 지금도 맞다. 시를 쓰는 일은 광채 없는 수치심이다. 왜 쓰냐고 물으신다면 그냥 웃겠지요. 여름용 손수건. 철인삼종경기. 국민모독. 마스크와 턱스크. 백성. 신민. 국민. 시민. 우리는 어느 단계? 팬덤 정치, 픽션은 언제나 현실이고, 그것은 다른 현실을 수선한다. 짐 자무시. 패터슨을 모른다면 당신은? 진정한 내 친구다. 문학 2020년 가을호 청탁을 사양한 젊은 소설가. 한여름에 가을 작품을 작성하는 게 어색했다면 나는 당신을 진정한 작가로 칭송하겠다. 나는 거세된 시인이다. 등단을 취소하려면 어디다 신고하면 됩니까. 탁상시계. 니가 나한테 어떻게 이럴 수 있니. 그럼 누구한테 할까. 식전 커피. 불암산 이마가 맑다. 내가 나일까? 이제 나는 아마추어처럼 질문하지 않는다. 내 안의 나는 대답한다. 왜 내가 너겠니. 우리 서로 모르며 살자. 번뇌 연구자 여자 시인이 언어의 내륙을 질주하다. 서푼짜리 시. 마치 살아있다는 듯이. 미학이라는 말 진짜 웃겨. 장미, 이 하오의 빈 컵. 몇 년에 한번씩 이 문장 때문에 나는 눈물짓는다. 이유를 알면 좋겠다. 오는 비는 올지라도. 봉선사에서 만나는 이광수와 최서해. 강릉 초당동 시나리오 작가 신봉승의 집. 우한 폐렴 사태로 인해 홍상수와 장률의 영화가 개봉하지 못하고 있음을 참지 못한 사람들이 연대를 결성하고 청와대 홈페이지에 개봉촉구 국민청원을 제출했다. 첫날 청원자 15명. 다시 등단하고 싶다. 이번엔 스페인어로 시를 쓸 것이다. 좀 어렵게. 너무 어렵게. 너무너무 난삽하게. 잉크와 피를 섞어서 쓰고 가끔 침도 뱉고 쓱 문질러버려서 해석이 아니라 독해불능의 무늬만 남는 시를 써야 한다. 수수한 옷차림 즉 구김이 적당한 면바지에 반팔 티셔츠를 걸치고 동네 노천카페에 앉아서 아메리카노를 주문한다. 십분 전의 일은 다 잊은 얼굴로 앉아서 커피를 마신다. 종로떡집, 횟집, 노래방, 미용실이 다닥다닥 붙어 있는 상계역에서 출발하는 소민들의 등을 바라본다. 부지런한 걸음으로 지나가는 그대들이 시인이다. 독자 구함. 팩트, 소환. 루틴 전문가. 디테일. 무의식. 비동시성의 동시성. 팔루스. 해당화. 수목장은 수요일과 목요일에 지내는 장례식. 흘러간 물. 나는 시가 뭔지 모르겠어. 틀린 글쓰기. 루이 암스트롱. 마이너리티. 정신. 정선. 정순. 정산. 정실. 정석. 정숙. 창백한 불꽃. 팩토텀. 만무방. 자유로. 꿈꾸지 않는 자의 행복. 숙정문. 마스크. 무소유의 다른 말은 그러려니. 인류의 독극물은 신념. 와룡공원. 상해임시정부. 먹튀.

모든 번역은 오역이다. 가장 아름다운 번역은 시. 바보들. 시는 끝났는데 시는 계속 쓰여지고 있다. 마치 넋이 빠진 모습으로. 식은 커피 마신다. 무의식이 환하게 보인다. 보이면 무의식이 아니겠지. 잠시 검문 있겠습니다. 당신은 무의식이 없습니다. 누가 시를 읽는가. 구라. 천승세. 백기완. 박태순. 황석영. 가만 히 생각하면 분명히 구라인데, 그래도 어딘가 근사하잖아, 채 광석. 페이스 북. 실재는 언제나 이미 거기 있다. 언어와의 작 별이야말로 시의 꿈. 사유의 원점. 의미의 영도. 지금도 영도 다리 있는가요? 작위적 냄새가 난다는 심사평은 아마추어다. 모름지기 시와 소설은 작위성을 숭배해야 한다. 자연스러움 과 그럴듯함이야말로 모든 예술의 적폐다. 문학상 심사위원 들은 문학적 꼰대들이다. 그들에겐 작위의 위대함을 보는 안 목이 없다. 있을 수 없다. 남의 작품을 심사할 일이 아니라 집 으로 돌아가서 책상 앞에 앉아 자기 원고를 검열해야 한다. 그게 당신의 업무다. 그동안 헛살았다고 생각하니 내가 참 대 견하지요. 내 삶의 해안가에 밀려와 칭얼대던 잔물결들. 굿바 이. 혼비백산은 소낙비다. 김소월 아들이 한양대학교 수위였 다는 사실은 아직 확인해보지 못했다. 픽션과 논픽션의 총합. 나는 시다. 천만에. 정치는 일종의 그룹섹스. 「이삭에 관한 일인칭의 비애」는 모교 교지에 실었던 단편소설. 1979년 강원일보 신춘문예 단편소설 당선작. 「바다그림자」. 시천지와 신천지. 예술의 전위성은 시대착오에 근거한다. 최인호와 피천득과 법정이 길상사에서 마주앉은 때가 있다. 나는 그런 순간을 기념한다. 모차르트 생일날 그의 C장조 할렐루야를 들으며 노원자동차검사소에서 검사대기 중. 그때 문자 받음. 당신은 등신. 헛똑똑이. 멍청이. 배신자. 비열자. 기회주의자. 현실추수자. 친미. 친일. 친한주의자. 친재즈. 친부코스키. 친하루키. 친라캉. 친떨거지. 친바다. 친파도. 친가랑비. 친코스모스. 친극좌. 친우울. 친슬픔. 친고독. 친인문학. 친진절머리. 친구. 친절. 친숙. 내게 왔던 세상의 모든 친은 엿먹어라. 본래면목. 이 뭣고. 저뭣고. 껍데기는 가라. 알맹이도 가라. 껍데기는 불면 날아가지만 알맹이는 방바닥에 머리카락 붙듯이 기득권에 착 달라붙어 날아가지 않는다. 한번도 알맹이를 청산하지 못한 죄. 역사의 카르마. 남한의 엘레지. 문학을 넘어서. 문학의 영도로 돌아가야 한다. 공백으로 가야 한다. 무로 가야 한다. 다시 시작해야 한다. 정전. 원리. 법. 고전. 원전 같은 것 불살라야 한다. 천재. 천재같은 소리 뚝. 시가 있고 소설이 있고 희곡이 있다는 식의 분류법은 태극기가 있고 촛불이 있다는 투의 상투성 해프닝이다. 오온개공. 시를 쓰고 시만 쓰는 시인은 수구꼴통. 그런 것이 유지되어서는 안 된다. 격파되어야 할 허들이다. 문학에 장르는 없어져야 한다. 잠시 왔다가는 인생 잠시 머물다갈 세상 백년도 힘든 것을 천년을 살 것처럼. 대중가요 옆에서 머뭇거리는 시 한 줄. 시인이니 소설가니 하는 얄궂은 명함은 폐기되어야 한다. 문자조립공 또는 문장설계사 정도를 제안한다. 물론 저항도 심심치 않을 것이다. 그런 당신들은 지루하고 고루한 예술의 방해물이다. 알량한 기득권에 머물지 마시라. 장르없음이 답이다. 應無所住 而生其心. 너무 멀리 왔다. 나는 누구인가. 그런데 속지 마라. 말의 징검다리. 비가 온다. 밤. 꿈을 지운다. 잠자리에 수북한 꿈의 껍질. 꿈의 무덤. 꿈의 소각장. 꿈의 분리수거. 지금 당장 잊으리.

6-4

장마가 시작되었다.

남부에서 시작한 비가 중북부를 향하고 있다.

비는 늦은 밤부터 내렸다. 아침 산책은 생략이다.

책상에 앉아서 산책을 대신한다. 요즘 무라카미 하루키는 무얼할까. 갑자기 그런 게 궁금하다. 차기작을 집필하고 있겠지. 『기사단장 죽이기』 정도에서 노벨상이 터지기를 기대했을지도 모른다. 누가 타든 매년 한 명씩은 한림원에 불려가서 돈도 받고 연설도 한다. 며칠 동안은 우울증이 개선될 것이다. 위화의 근황도 궁금하다. 죽은 찰스 부코스키도 궁금하다. 그는 죽어서도 시를 쓰고 시를 낭송하고 있을 것이다. 그는 보편적 의미의 문학적 합의를 추월하여 그런 통념을 우습게 만들어버리는 재능을 가졌던 작가다. 점잖은 사교모임에서 상스러운 말로 씨부려댄 작가가 부카우스키다. 체면상 듣지 않는 척 하면서도 곱씹어버리는 말. 상스러움이야말로 윤리의 지극한 실천이다.

　그 시간에 받은 전화 한 통.

　아침 여덟 시에서 아홉 시 사이면 이른 시간이다.

　이 대목에서 나는 기어를 바꾸듯이 나라는 대명사를 다른 이름으로 바꾼다.

　나라는 주어는 오해를 사기 쉽다. 내가 아니라고 해도 나일 것이고, 나라고 해도 내가 아닐 것이다. 나는 가주어다. 박세현이 나보다는 객관적일 것이다. 전화를 받는 사람은 박세현이다. 전화를 건 사람은 박세현과 면식이 있는 계간지 편집자다. 안녕하세요. 네네. 다름 아니라 가을호 시특집의 시해설을 부탁드리려고 전화했습니다. 편집자의 전화 목소리는 느린 속도로 박세현의 이해 속으로 들어왔다. 이 나이에 시해설 청탁을 받는다는 것은 거시기하다. 게다가 일면식도 없는 시인의 시행간을 뒤적거린다는 것은 이래저래 박세현의 문학관에 포함되지 않는 일이다. 죄송합니다. 저는 쓰지 않도록 하겠습니다. 저를 호명해주셨는데 응하지 못해 죄송합니다. 네. 잘 알겠습니다. 비오는 날 아침의 느닷없는 청탁 전화는 그렇게 심플하게 종료되었다.

박세현은 그동안 이런저런 해설성 글들을 여럿 썼다. 지금 돌아보면 글을 부탁한 시인들에게 미안하다. 말 같지 않은 말들로 작문을 했다는 자괴를 피할 길이 없다. 박세현의 생각은 반성이 아니다. 지금 쓴다고 해도 그때와 다를 것은 없다. 박세현의 자괴는 그런 글을 작성했다는 그 자체에 대한 자괴다. 그것은 남루한 오독일 뿐이다. 모든 비평이 근본적으로 오독 행위라면 말을 바꾸어야 한다. 성급하고 간단하게 말해서 박세현의 글은 자기 편견의 확대와 심화 그 이상이 아니라는 말이다. 이제 자신의 허영심에 봉사하지 말자. 뻔한 시에 뻔한 말을 덕지덕지 갖다 붙이는 미장공 같은 노동은 집어치워야 한다. 예외는 있다. 박세현은 미련하게도 지금껏 그 예외를 기다리고 있다. 청탁 없이 쓰고 싶은 글. 박세현은 그런 텍스트를 기다리며 산다. 그가 원하는 텍스트는 문학상 수상작 같은 뻔한 시가 아니다. 인기라든가 1급이라는 수식어가 얹히는 시인의 것도 물론 아니다. 5천부 이상 팔아치운 시인도 제외된다. 박세현이 추천하는 텍스트는 새롭다는 당대의 통념을 비껴가야 한다. 문학사가 축적한 지식을 정지시키는 글을 기다린다. 문학교수, 평론가, 심사위원, 문학기자의 시야에 포착되지 않은 작가만이 살아남는다. 우리는 너무 뻔하고 고리타분한 시와 소설들에게 꽃다발을 걸어주고 환호한다. 백석을 좋아한다는 시인들로 구성된 어떤 한국 시단도 있다. 그건 시인 각자의 문제다. 백석이 좋은 시인이라는 점은 부인되지 않지만 그렇다고 시의 어떤 전범적 지위로 숭배되는 흐름에는 동의하지 않는다. 대충 말하건대 시인은 미학을 완성하려는 자가 아니라 자신의 미학조차 파괴하려는 충동에 사로잡힌 존재다. 박세현의 편견으로는 그런 시인은 한국시사에 존재하지 않는다. 물론 유사한 환영으로 문학사에 나타난 시인은 있다. 그도 충분히 이해받지 못하고 대충 이해되고 대충 숭배되고 대충 반복된다. 박세현은 가끔 생각한다. 우리는 그 시인이 만난 공백으로 돌아가야 한다. 그를 반복하고 그의 시정신을 본받을 것이 아니라 그가 고민하고 격파했던 그 구멍난 지점에서 다시 시작해야 한다. 이런 잡념은 그러나 박세현에게서 용두사미 문법으로 봉합되고 있는 도중이다.

7

비는 조금 그쳤지만

청탁 전화로 촉발된 상념들은 그치지 않는다.

나는 박세현의 가면을 벗고 다시 나로 돌아와서 집을 나선다.

현관문을 닫을 때마다 금속 쇠붙이가 속삭인다. 당신은 먼 길을 떠난다. 어쩌면 돌아오지 않을지도 모른다. 잘 가세요. 나는 시인처럼 화답한다. 나는 흘러간 노래요. 나는 잊혀진 노래가 될 것이오. 누군가의 입술에서 두 번 다시 태어나지 않을 노래가 될 것이오. 잘 있어요. 1층까지 내려오는 데 걸리는 시간은 대략 30초다. 한두 팀 더 타면 시간은 그만큼 늘어난다. 이른 아침이라 승강기는 독점이다. CCTV는 나를 기록하겠지. 나는 걷기 시작한다. 오늘은 걸음을 당현천으로 잡는다. 물길을 따라 가보는 것. 천변에는 나보다 부지런한 사람들이 산책 중이다. 저들이 걸어간 길을 내가 또 걸어간다. 걸을 때는 걸음만 생각해야 되는데 잡생각이 무질서하게 떠오른다. 사색이나 사유의 단계에 이를 수 없는 망상들이 물방울처럼 맺힌다. 망상은 생각보다 위대한 사유를 잉태하는 조건이 될지도 모른다. 책을 받고 회신이 없는 문인의 이름을 꼽아본다. 책을 받고 회신한 문자도 마음에 걸린다. 축하합니다. 잘 읽겠습니다. 이게 축하할 일인가. 잘 읽는다는 문장은 허례가 아닌가. 개를 데리고 가는 사람들. 개와 주인은 닮았다. 개가 주인을 닮는지 개주인이 개를 닮는지 모르겠다. 돈 내고 시를 배우러 다니는 등단시인이 있다고 들었다. 그런 사람 모아서 시 가르치는 시인도 있다고 들었다. 저들은 자기가 무슨 노릇을 하는지 너무 잘 아나이다. 소설작법은 인생에 성공하는 처세를 가르치면 될 것이고, 시작법은 인생에 실패하는 법을 가르치면 된다. 요즈음 정치인을 중심으로 음모론이 퍼지고 있다. 음모는 깊숙한 곳에 있어서 헤아리기 어렵다. 음모는 햇빛 아래 드러나지 않는다. 꺼내놓고 보면 음모는 음모성을 상실한다. 하여간 축축한 장마철 7월에 여러 편의 음모론이 떠돌고 있다. 예비군들이 쿠데타를 기획하고 있는 설이 그 중 하나다. 북한이 중국과 합병한다는 설도 꽤 유력하게 떠도는 진짜 가짜 뉴스다.

책값은 20,000원이고 쪽수는 612쪽이다.

출판사는 창비. 이 정도면 장편소설의 외형적 품격으로는 체면이 당당하다. 하지 다음 날 완독을 기록한 연필 메모가 보인다. 장편을 독서한 노인의 의지력에 나름의 찬사를 보낸다. 그보다 1943년생 소설가의 완주력이 자못 경외스럽다. 평생 소설노동을 했다고 하더라도 이만한 필력은 한국문학사에 흔하지 않다. 필력이란 재능과 노력과 방황과 사색과 분노와 질투심과 자존심과 분석력과 종합력과 발품과 체력과 팬덤과 열정과 고요함과 시대정신이 일사분란하게 협력해야 빛날 수 있다. 이 소설은 일제 강점기 4대에 걸친 철도원 노동자의 삶을 묘사하고 설명하고 해설하고 있다. 410일째 굴뚝 농성을 하고 있는 증손자 이진오에 의해 『철도원 삼대』는 복원된다. 이진오는 노조 파괴와 노동자의 비정규직화 그리고 공장 청산을 목표로 삼고 매각처분을 하려는 회사를 상대로 싸우고 있다. 자본과 정치는 한통속이다. 일제 강점기나 지금이나 달라진 게 없다. 달라졌다는 착각만이 사람들을 위로한다. 내가 굳이 이 책에 대해 침을 튀기는 이유는 다른 데 있다. 그것까지 까놓고 말하지는 않으련다. 그냥 생각하시라. 지금은 2020년 7월 중순이다. 펜데믹 속에서 사람들은 마스크를 쓰고 떠들고 마스크를 쓰고 밥을 먹고 마스크를 쓰고 입을 맞춘다. 확진자가 오늘 당신 집 앞을 지나갔습니다. 하루에도 몇 번씩 의심 많은 애인 같은 방역본부의 문자가 들어온다. 소설가는 서사의 대부분을 철도원 삼대의 시대와 고난찬 삶을 고증하는 데 사용한다. 내가 놀라는 건 거기에 있지 않다. 긴 농성 끝에 허공에서 하강한 노동자 이진오가 만난 현실은 차갑고 차라리 섬뜩하다. 이 대목을 나는 소설가 자신의 자기 알리바이로 읽는다. 황석영의 인격은 그의 문장을 못 따라간다. 그의 문장은 너무 뛰어나 여느 인격으론 따라잡을 수가 없기 때문이다. 하물며 황석영처럼 발랄무쌍한 인격으로야. 동업 소설가 고종석의 말이다. 소설의 마지막 장면을 다시 쓴다.

"다시 올라가자. 이번엔 내가 올라가겠어."
막내 차군도 말했다.
"저두요. 김선배, 저두 올라가겠어요."
거기서 대화가 끊기고 더 이상 아무도 말하지 않았다.

나는 이 마지막 문장들을 읽고 머릿속이 막연해졌다. 방대한 서사에 속은 듯 하고 지금 2020년 7월에 진행되는 정치현실에 속은 듯 했기 때문이다. 작가는 소설의 청색 속표지에 친필 사인을 인쇄했다. 길고 긴 시간 속에서 / 우리는 한줌 먼지에 / 지나지 않지만 / 세상은 조금씩 나아질 것입니다. / 2020년 5월 황석영. 이 말을 읽으면서 비로소 철도원 삼대의 독자는 안심한다. 대한민국은 여전히 부도덕과 뻔뻔함과 침묵과 거짓과 내로남불이 아기자기하게 협력하고 있다. 철도원 삼대의 장대한 서사의 마무리는 독자인 나에게 그 점을 자명하게 깨우쳐준다. 백무산의 시「겨울비」는 『철도원 삼대』를 독서하고 쓴 시라는 시차적 착각을 준다. 지금은 경자년 7월이고 대환멸의 시간이 능청스럽게 흘러가면서 나에게 엄숙히 경고한다. 새소리 하지 말라.

현관문을 나서는데 전화벨이 울린다

올 필요 없답니다 민주화가 되었답니다

민주화되었으니 흔들지 말랍니다

민주정부 되었으니 전화하지 말랍니다

민주화되었으니 개소리하지 말랍니다

이렇게 한심한 시절의 아침에 겨울비 온다

어깨에 머리에 찬비 내린다 배가 고파온다

이제 나도 저기 젖은 겨울나무와 함께 가야 할 곳이 있다

　2017년 6월 초판으로 읽은 황석영의 두 권 짜리 자전 『수인』을 읽던 기억이 지나간다. 그거야말로 오토 픽션이리라. 꾸밈도 아니지만 사실 자체도 아닌 어떤 것. 그의 자전은 역사의 시공 속에서 오랜 풍화를 견디며 사실보다 더 선명한 사실성을 우리 앞에 시전하게 될 것이다. 그 여름 날 나는 더위를 무릅쓰고 방바닥에 벌러덩 누워서 그의 자전을 읽었을 것이다. 그때 쓴 시 한 편이 나의 목차 없는 시집 『아무것도 아닌 남자』 68쪽에 실려 있다. 아무도 읽지 않는 시라서 여기 옮겨 놓고 한 번 더 큰소리로 읽는다. 제목은 「노인 이태준」이다. 언젠가 철원에 가게 될 것이다. 노동당사와 이태준문학비를 돌아볼 것이다. 더 쓰고 싶은 말이 있지만 지면 관계상 이 정도에서 멈춘다.

빗소리 듣는다 방갑다

서울 변방 불암산 밑자락

어색한 날갯짓으로 날아가는 저 새

미안하지만 이름은 모르겠다

모르는 채로 지나가라

황석영의 자전 수인을 읽다가 말다가

월북작가 이태준 대목에서 책을 덮고 쉰다

누구는 북으로 올라가고

누구는 남으로 내려오고

왜들 이러시나

각자 끝까지 밟아버릴 수밖에 없는 게 있기는 있다

뻔히 보면서 그냥 건너온 교차로 붉은 신호등

불가피함을 사하소서

역사라는 픽션은 믿을 게 없지만

안 믿을 수도 없을 때마다 나는 불량시인이 된다

구멍난 솥단지를 들고 서있던 노인 이태준 66세

1969년 어느 날 북한 장동탄광 지역

이 장면에 빗소리 굵어지면서 엔딩 크레딧 뜬다

8

나는

오후가 한참 기운 뒤 그러니까

여름날 하오 네 시가 약간 넘어간 시간대에

강원도 강릉시 사천항에 도착한다.

나는 거의 매주, 거의 같은 요일, 거의 같은 시간대에 항구
에 도착한다. 항구의 풍경도 거의 같다. 거의라고 굳이 강조해
서 반복하는 소이는 근사치를 가리키기 위함이다. 대개 그러
하다는 말이다. 근사치라는 말은 참 그럴 듯하다. 나는 근사치
속을 살아간다. 시의 근사치, 사랑의 근사치, 삶의 근사치, 진
실의 근사치가 시계바늘처럼 본질을 가리킨다. 나는 서울-양
양 고속도를 경유하여 목요일 오후 네 시경에 강릉 사천항에
도착한다. 이 사실을 아는 사람은 없다. 나 말고는.

작은 항구 부둣가에 차를 박는다. 이것은 사실이다. 왜냐하
면 있는 그대로 지금 쓰고 있기 때문이다. 이제부터 쓰는 문

장들은 사실을 넘어가거나 사실에 밑도는 얘기들이다. 독자는 너무 믿거나 너무 무시하지 않았으면 좋겠다. 제발, 사실이라고 감안해주길 바란다. 똑같은 무게로 사실이 아니라고 치부해도 상관은 없다. 항구 안에는 늘 그 자리에 붙박여 있는 듯한 어선 몇 척이 나를 반긴다. 내가 엷은 파도에 흔들리는 어선을 반기는 게 더 맞다. 항구에 차를 세우고 항구 주변을 한 바퀴 어슬렁거린다. 항구에는 어부들이 사용하는 트럭 한두 대 그리고 관광객이 타고 온 승용차 서너 대 혹은 대여섯 대가 듬성듬성 사회적 거리를 두고 주차해 있다. 배들이 발을 담그고 있는 항구의 바닷물은 탁하고 어지럽다. 지저분한 부유물들이 떠다닌다. 정체를 알 수 없는 비닐봉지들과 종잇조각 나뭇조각 누군가의 입술을 기억하고 있는 음료수 병들이 떠다닌다. 꽤나 삶을 복사한 풍경들이다. 배 위에서 그물을 손질하는 어부도 보이고 낚싯대를 드리우고 있는 낚시꾼도 서너 명 보인다. 어떤 종류의 고기를 낚는지 늘 궁금하지만 물어보지 않았다. 낚시꾼 옆에는 그가 데리고 온 듯한 고양이 한 마리가 사변적 포즈로 조그맣게 앉아 있다. 삼색이다. 삼색이만은 아니다. 그 옆에는 검은 놈도 있고 치즈 계열도 있다. 지난 주에도 본 녀석들이다. 다소 진보적으로 보이는 녀석도 있고, 꼴통 보수짓을 하는 녀석도 있다. 눈곱 낀 녀석, 다리 저는 녀석, 한쪽 눈을 실명한 녀석도 있다. 생선 한 마리가 던져져 있는데 어린 치즈는 냄새만 맡고 있다. 그렇다는 말이다.

오늘은 아무에게도 전화하지 않기로 한다. 이 문장의 진실은 아무에게도 전화 할 곳이 없다가 옳다. 그런 내막이야 차차 뒤에서 밝혀지기도 할 것이다. 어쩌면 더 이상의 세목은 쓰지 않을지도 모른다. 굳이 전화할 곳을 물색하자면 왜 없겠는가. 강릉 시장님한테도 전화할 수 있다. 사천항이 참 아름답습니다. 고맙습니다 시장님. 앞으로도 계속 이런 한가로움을 유지해주시면 고맙겠습니다. 어촌계장님도 있다. 계장님 제가 오는 날은 파도가 더 세게 치도록 조치해주실 수 없는지요. 문화원장도 있고, 시립도서관장한테도 전화할 수 있다. 나는 여차저차한 인간인데 한 십분 정도 강릉시민의 예술적 교양을 각성시킬 시간을 주실 수 있으신지요. 강사료는 무룹니다. 한 20년 전에 절교한 친구에게 큰맘 먹고 전화할 수도 있다. 잘 지내시는가. 이제 생각하니 내가 편견이 많은 인간이야. 콩이니 팥이니 따지지 말고 초당째복순두부나 한 그릇씩 할까? 만원이야. 내가 살게. 시간이 없다구? 알았어. 다음에 다시 전화할게. 알았네. 지금까지 기술한 문장은 다 사실이다. 나는 사실이라고 쓴다. 이것이 사실이라는 사실을 나는 증거할 자신은 없다.

등대에서 돌아와 연곡 방향으로 몇 걸음 옮기면 소규모 해변이 나타난다. 늘 읽어도 새롭게 읽히는 문장 같은 해변이 펼쳐진다. 해변을 따라 더 올라가면 테라로사가 나타날 것이고, 박이추커피공장도 만나게 될 것이다. 오늘은 여기까지다. 손에 잡힐 듯 해변 가까이 있는 바위가 풍경을 조율한다. 갈매기들이 바위를 중심으로 선회한다. 저번 주 보이던 갈매기는 보이지 않는다. 세대교체가 된 듯하다. 나는 아무렇게나 되는 대로 모래밭에 주저앉았다. 젊은이 세 팀이 여기저기 약속된 배역처럼 앉아 있다. 바다를 보면서, 생각 없이, 한 이십분쯤 앉아 있었다. 한 시간은 지나간 듯하다. 사실은 십분도 지나지 않았던 것이다. 내가 시간을 보낸 것이 아니고 시간이 나를 통과해간 것이다. 나는 간이 화장실을 한번 이용하고 다시 항구로 돌아왔다. 비쩍 말라서 내가 거미라고 부르는 검은 고양이는 보이지 않고 다른 고양이들 서너 마리가 낚시꾼들 옆에서 고양이 자세로 앉아 있다. 고양이들은 이 동네 토박이다. 노숙자 표시가 나는 녀석도 있고 방랑자 같은 녀석도 있고 동네시인 같은 고양이도 있다. 걸음을 시작했던 주차장으로 돌아가려는데 그때는 보지 못했던 풍경이 눈에 들어왔다. 횟집이 늘어선 부두의 탁자 앞에서 술을 마시는 남자가 보였다. 나도 모르게 걸음이 그쪽으로 가고 있었다.

둥근 탁자 위에는 소주가 놓여 있고, 옆에는 잡어를 썰어놓은 접시가 놓였다. 잡어라는 말이 맘에 걸린다. 고기들에 대한 예의가 아니다. 오징어, 광어라고 해야 정치적으로도 옳다. 남자의 등이 먼저 보이고 프로필이 보이고 얼굴이 보이고 전신이 눈에 들어왔다. 연출된 장면은 아니지만 모든 순간이 연출이라면 이 장면은 연극적이다. 영화라면 아마추어가 찍은 독립영화급이다. 해질 무렵 항구의 시간을 등지고 앉아 때늦은 낮술을 마시고 있는 남자의 모습은 어딘가 감상성이 풍겨난다. 그는 허름한 면바지를 입었고, 윗도리는 예전 노동자풍의 난닝구를 입고 있다. 난닝구는 서너 번 세탁했을 정도로 탄력이 죽어 있다. 머리는 손가락으로 대충 빗어 넘겨서 손가락 지나간 자국이 보였고, 반백이었다. 그의 얼굴에 작은 어항의 리듬이 묻어났다. 내가 먼저 말을 붙였다.

"실례가 아니라면 앉아도 되겠습니까?" 내가 조심히 말했다.

"그러세요. 환영합니다요." 표정은 흠칫했지만 그는 내심 밝게 말했다.

"비가 오려나 봐요." 내가 말했다.

"아마 밤에는 비가 많이 온다고 합디다." 그가 선택한 합디다 체는 방관적인 어법이다. 그가 횟집 주인에게 술잔 하나를 더 청했다.

"술 좋아하세요?" 그가 말했다.

"뭐, 그렇지요. 술보다는 술이라는 말을 좋아하는 편입니다." 내가 말했다.

"그런 사람들이 있지요, 성의껏 드세요." 그가 말했다.

"저는 여기 자주 오는 편입니다." 내가 말했다.

"저는 여기서 혼자 살고 술은 약해요." 그가 말했다.

우리는 동시에 크게 웃었다. 마치 서로 대본에 있는 대사를 외운 것 같았다. 그는 자기를 준이라 소개했다. 최인훈의 인물 이명준이나 독고준이 스쳐갔다. 그런 이름이 지적인 아우라를 풍긴다면 준은 그저그런 로맨스의 저급 주인공 냄새를 풍긴다.

"이름이 준이군요." 내가 덤덤하게 그의 이름을 되뇌었다.

"유월에 태어났거든요. 그래서 준(June)이라고 사칭합니다."
준이 웃으면서 말했다. 웃을 때 드러나는 앞니의 치열이 좀
성글었다. 그 때문에 준의 인상은 원조 한남 모드로 보이기
도 한다.

"한잔 하시지요." 준이 말했다.

"잔만 받겠습니다. 운전해야 할 잔무들이 있거든요." 내가
말했다.

"여기 좋지요? 나는 틈만 나면 여기 와서 삽니다. 헤매는 거
지요." 준이 말했다.

"부럽습니다." 내가 말했다.

"나는 전직 교숩니다." 준이 말했다.

"나도 교편을 잡았더랬습니다. 지금은 아니지만." 내가 말
했다.

"교수는 전직이지만 지금은 더 여러 개의 직함들이 따라붙
었네요. 이를테면 백수, 업자, 삼식이, 일수거사, 지공거사, 연
금 수령자, 꼰대 등등" 일수거사가 말했다.

나는 웃음지었다. 준도 웃으면서 자작한 술잔을 입술에 대

54

었다.

"회한 같은 게 느껴집니다." 내가 말했다.

"횟집에서 느끼는 한이라면 동의합니다만 저는 그런 게 없습니다. 그게 나의 진정한 회한이라면 회한인 거지요." 회한이 말했다.

"왠지 말장난을 즐기는 것 같습니다." 내가 말했다.

"나는 늘 진지합니다." 진지가 말했다.

"나의 오해군요." 내가 말했다.

"선생, 우린 다 오해하면서 살잖아요. 안 그래요?" 오해가 말했다.

"나는 이제 선생이 아닙니다." 내가 말했다.

"그렇군. 그럼 사장님은 어떠세요?" 전직 교수가 말했다.

"그건 더 아니지요. 난 가게가 없거든요." 내가 말했다.

"그럼, 아저씨" 준이 말했다.

"아저씨, 개저씨, 꼰대, 아버님. 아무렇게나 불러도 딱딱 맞습니다." 내가 말했다.

"어딘가 나랑 호흡이 좀 맞는 것 같습니다. 개저씨." 호흡이 말했다.

"나도 쭉 그걸 느끼고 있습니다." 내가 말했다.

"나는 이 동네에서 태어났지요." 동네가 말했다.

"고향이시군요." 내가 말했다.

"네. 이 동네서 태어나고, 이 동네서 이런저런 학교 다녔으니까요. 지역화폐 같다고나 할까요." 지역화폐가 말했다.

"지방티브이도 되겠지요." 내가 말했다.

"티브이를 많이 보시나 봐요." 티브이가 말했다.

"옛날엔 그랬는데 지금은 유튜브 봅니다. 그게 일팝니다." 내가 말했다.

"로인의 커리큘럼이겠지요." 로인이 말했다.

"지금은 여기 살지 않는가 봅니다." 내가 말했다.

"아버지가 요양원에 계십니다. 그래서." 요양원이 말했다.

"아버지는 다 요양원에 계시지요." 내가 말했다.

"어머니는 돌아가셨습니다." 어머니가 말했다.

"어머니들도 돌아가시지요." 내가 말했다.

"아버지가 며칠 전에 다발성 뇌경색으로 입원하셨거든요." 뇌경색이 말했다.

"아버님을 간병하시겠군요." 내가 말했다.

"간병인이 있습니다. 하루 6만원이고 8인실 병동입니다." 간병인이 말했다.

"서울에서 오신 거군요." 내가 말했다.

"강북에 삽니다." 강북이 말했다.

"나도 노원구 사는데. 어디지요?" 내가 말했다.

"중계동." 중계동이 말했다.

"같은 동네군요. 악수합시다." 내가 말했다.

"노도강이라고 아시지요. 노원구, 도봉구, 강북구. 아파트값이 저렴하지요." 노도강이 말했다.

"변방의식을 키우기 좋은 지역이지요." 내가 말했다.

"있을 때 많이 키우세요. 나는 여기 와서 바다와 살고 싶어져요." 있을 때가 말했다.

"파도가 조금씩 사나워지지요? 문자메시지 온 것 같은데요." 내가 말했다.

"우한 폐렴 확진자가 이 동네를 지나갔다는군요. 지금 시에서 바다와 해변을 소독 중이랍니다. 어디서는 확진자가 도망쳐서 경찰이 추적하고 있다네요. 형씨, 이렇게 불러도 되나요. 형씨도 어울리는구만요. 옛날 1950년대 소설에서는 낯선 사람에게 형씨라고 호칭하잖아요. 갑자기 다정해지고 코끝이 찡해지네. 형씨. 나는 이럴 때마다 내 안에 있던 나도 모르는 잔파도가 일어나요. 이런 날이 아니면 만날 수 없는 삶의 어떤

광기 같은 거." 광기가 말했다.

"시인인가요?" 내가 말했다.

"맞습니다. 어떻게 알았어요? 혹시 내 시집을 읽으셨나?" 시집이 말했다.

"나도 시를 좀 쓰거든요. 업계 사람끼리는 알아보게 되잖아요. 무당이 무당을 알아보듯이. 옛날엔 와이셔츠 주머니에 만년필을 꽂고 다닌다든가, 빵떡모자 같은 걸 쓰고 다닌다든가, 머리를 길게 기르고 다닌다든가, 수염이라든가, 폐병이라든가 하여간 그런 표식을 달고 있었으니까요. 쉽게 구별할 수 있었잖아요." 내가 말했다.

"쌍팔년도 얘기를 하시는군." 쌍팔년도가 말했다.

"나도 아버지가 요양원에 계셔서 일주일에 한번 정도 이곳을 내려오지요." 내가 말했다.

"어째 우린 하는 말마다 같거나 비슷하냐. 말 놓고 지내자." 말 놓고가 말했다.

"벌써 놓고 있잖아." 내가 말했다.

"내 이름이 준이라고 했지만 사실은 아버지가 지어준 이름은 따로 있지. 그건 중요한 게 아니다. 준이라는 발음이 다소 청춘끼가 있지만 영어식으로 발음해줬으면 좋겠다. 뭐랄까 좀 그윽하고 품위 있게." 품위가 말했다.

"준" 내가 말했다.

"그게 아니고 주운. 준에 장음부가 붙었다고 생각하고 조금 길게." 장음부가 말했다.

"아까 시집도 있다고 했는데 대표 시집이 뭔가." 내가 말했다.

"대표시집은 아직 쓰지 못했고, 시집은 한 열 권 납품했다." 납품이 말했다.

"그만하면 할 말 다 했겠네." 내가 말했다.

"자네도 잘 아실 테지만 백 권 냈다고 완결되는 게 아닌 게 이 업계의 운명이야." 업계가 말했다.

"쓸수록 더 쓰게 되는 갈증이 작동하는 거지. 자기 복제의 시적 변명." 내가 말했다.

"중독현상이라고 해도 되겠지." 중독이 말했다.

"죽음충동이지." 충동이 말했다.

"나는 당신 속을 알 듯 하다네. 할 말이 있어서 쓰는 것이 아니라 할 말이 없어서 쓴다고 하고 싶은 거지?" 내가 말했다.

"솔직하겠다. 참을성이 부족해 많이 썼다. 나의 시는 나의 뇌피셜이다. 나는 쓰기와 쓰지 않기의 균형을 잡지 못했다. 내 글쓰기가 패배하는 지점이다. 같은 말이지만 나는 시쓰기를 통해 어디에도 도착하지 못했어. 글쓰기의 고독사." 고독사가 말했다.

"고독을 싼다는 말에 한 표." 내가 말했다.

"항구에 오면 떠나고 싶은 충동에 시달린다네." 항구가 말했다.

"소년스럽군." 내가 말했다.

"언제 또 오시는가? 여기." 여기가 말했다.

"나야 거의 매주. 일정하게. 대체로 이 시간." 내가 말했다.

"나도 거의 이 날 이 시간 이 자리에 앉아 있는다네." 거의가 말했다.

"여기 오면 늘 만난다는 말이군. 술병과 회접시를 앞에 놓고." 내가 말했다.

"그런 것들은 소도구지. 그렇게 보여지는 풍경을 설정하는 거지." 거지가 말했다.

"다음엔 나도 같이 한 잔 해야겠다." 내가 말했다.

"좋지. 친구들도 좀 부를까? 예를 들자면." 예가 말했다.

"나처럼 제대한 친구들이 있다. 교수, 교사, 공무원 등등." 공무원이 말했다.

"사회복지사, 보험 설계사, 장례 지도사라면 좋겠다." 내가
말했다.

"사람이 꽃보다 아름답다는 건 순거짓말이지." 순거짓말이
말했다.

"꽃보다 좀 더 아름다운 건 길고양이일 걸." 내가 말했다.

"내 친구 얘긴데, 여자와 바람피우고 집에 왔더니 아내가 가
방을 싸서 현관 앞에 내다놨더래." 가방이 말했다.

"그래서?" 내가 말했다.

"가방 들고 그 길로 집 나와서 여태 혼자 살지." 혼자가 말했다.

"당신의 오토 픽션이군." 내가 말했다.

"나의 먼 친구 얘기라니까." 먼 친구가 말했다.

"군더더기 없어서 산뜻하군." 내가 말했다.

"지저분하고 더럽잖아. 설명이나 논리라는 거." 논리가 말
했다.

그때, 우리가 앉은 자리로부터 4~5미터 떨어진 거리에서
걸어오는 여자가 보였다. 검정 마스크를 쓰고 흰색 드레스를
입었다. 눈처럼 희다는 표현은 낡았지만 드레스의 아우라가
그랬다는 말이다. 나이는 육십 한 살쯤으로 보였고 수수한 교

양이 몸에 배인 듯 했다. 그렇게 보고 싶었다. 그 여자는 우리
가 앉은 탁자 앞에 와 서서 우리 둘을 번갈아가며 쳐다보았다.
이름도 기억나지 않는 오래 전 초등학교 동창생을 확인하듯
이. 준과 나는 이 분위기에 조금 긴장했다. 낯선 여자가 우리
두 사람을 굽어보며 알듯 말듯한 말을 중얼거렸다.

  낯선 여자: 당신들 시 쓰는 작자들이지. 몇 살인데 아직도 이
러구 사니. 내가 모를 줄 알았니. 나쁜 놈들아. 시가 아니라 육
갑이겠지. 설마 날 모른다고 하진 않겠지. 특히 당신 (손가락으
로 준을 가리키며) 대낮부터 항구에 앉아서 술 마시는 전직 교
수. 교수형에 처해야 할 놈. 꼴난 시를 쓰면서. 염병. 반드시 복
수할 거다. 알았니. 누나라고 한번만 부르면 용서해줄게.
  "누나, 미안해요." 준이 말하자 낯선 여자는 빙긋 웃었다. 만
족하는 표정이었다. 준과 나에게 퍼부었던 시선을 부드럽게
거두어들였다. 그때 그녀의 얼굴은 아주 편안해보였다. 찾고
있던 무언가를 가진 듯한 안도감이 온 얼굴에 서렸다.
  누나가 지나간 뒤 준은 술을 한 잔 더 마셨다. 그리고 거푸
한 잔 더 따라서 마셨다. 68세 준의 얼굴 근육이 가늘게 떨렸
다. 그리고 꼿꼿한 자세로 흐느껴 울기 시작했다. 준은 울음

을 참느라 입술을 앙다물었지만 울음은 계속 새어나왔다. 나는 준을 진정시키고 싶었으나 참았다. 늙은 준은 계속 흐느꼈다. 준의 뜬금없는 흐느낌 사이로 갈매기의 끼룩거림이 파고들었다. 나는 전립선이 뜨끔거려서 횟집 뒤편에 있는 화장실 변기 앞에 한참 서 있다가 돌아왔다. 그런데 그 자리에 있어야 할 준이 보이지 않았다. 화장실 가기 전까지 거기 있던 테이블도 술병도 회접시도 보이지 않았다. 무엇보다 준이 감쪽같이 사라졌다. 마치 처음부터 거기에 아무것도 없었던 것처럼. 횟집 주인에게 물어보았더니 처음부터 그런 건 없었다며 나를 이상하게 쳐다보았다. 거기 탁자 놓고 장사하면 시에서 단속 나와서 지랄해요. 횟집주인이 쐐기 박듯이 한 말이다. 이 지역의 지방어를 배에서 내려놓은 활어처럼 싱싱하게 사용하고 있는 횟집 남자의 말에는 그의 의지와 상관없는 언어적 배타성이 튕겨져 나온다.

나는 잡념을 털어내면서 해변으로 걸어나왔다.

파도가 훨씬 거칠어졌다.

왠지 나도 울고 싶어졌다.

9

재즈피아니스트

듀크 엘링턴이 타석에서

야구 방망이를 휘두르는 오래 전 사진을 봤다.

엉덩이를 뒤로 빼고 헛스윙을 하는 포즈가 느긋한 웃음을
자아냈다. 번트를 대는 시늉을 했던 것일까. 피아니스트와 야
구. 그의 등 뒤로 커다란 버스가 보이고 영어로 듀크 엘링턴이
새겨져 있다. 1955년이라는 글자도 선명하다. 그의 빅 밴드 단
원들이 저 버스를 타고 연주여행을 했을 것이다. 듀크의 망중
한에 박수를 보냈다. 오네트 콜맨이 자신의 열 살짜리 아들에
게 드럼을 연주하게 해서 동료들의 빈축을 샀다는 얘기도 있
다. 재즈신의 아빠 찬스인가. 베이스는 찰리 헤이든이었다. 그
의 아들은 지금 훌륭한 드러머로 활동한다. 오네트 콜맨의 발
상이 혁신가다운 것인지 어떤지는 모르겠지만 업계의 통념을
따르지 않은 일은 참고하게 된다. 무반주로 색소폰 솔로를 했

다는 연주가도 참고적이다. 그의 무모함에 경의를 표해야 할까. 제목은 Lonely. 없는 길을 가면서 길을 만들고 그 길을 지우는 작업을 나는 재즈라 부르겠다.

내 생각과 실천은 어긋나지만 내가 쓰려는 글쓰기 작업도 그러해야 한다고 나에게 세뇌한다. 누군가의 동의와 상찬을 받는다는 것은 그래서 늘 끔찍스럽다. 지명도가 있는 시인과 우연히 만나서 악수를 했다. 통성명을 하면서 그가 말했다. 죄송하지만 처음 듣는 이름입니다. 업계에서 들어보지 못했다는 말이겠다. 당연하다. 나도 말하게 되겠지. 죄송하지만 나도 처음 듣는 이름이군요. 이름이 알려져 있다는 것은 업계의 상식이 되었다는 소리이자 어떤 클리셰가 되었다는 뜻이다. 시인은 당대의 그물에 걸리지 않도록 조심해야 한다. 이해된다는 것은 시인의 수치다. 이거 너무 급진적인가.

어떤 소설가는 자신의 독자가 만 명만 되면 좋겠다고 말했다.

그 정도의 팬덤만 있다면 소설 쓸 만하겠단다. 일정한 수입과 일정한 피드백을 통해서 소설쓰기의 에너지는 고무될 것이다. 고정 독자를 가진다는 것은 어려운 일이다. 만 명은 고사하고 오천 명도 고사하고 천 명도 고사하고 백 명도 고사하고 열 명이라도. 단 열 명만이라도 실존하는 자신의 독자를 모아보고 싶다는 평론가도 있다. 독자 구함. 독자는 어쩌다 내 책을 읽는 존재를 가리키는 게 아니다. 내 책이 나오는 족족 서점에서 구입하고 읽고 같이 생각하면서 같이 늙어가는 존재여야 한다. 내 시대의 작가, 내 시대의 독자라는 말을 나에게 맞도록 재설정하는 소망을 갈구하지만 그것은 이루어질 수 없는 사랑이다. 가까이 하기에는 너무 먼 당신들. 읽을 듯 하면서 안 읽는 사람, 읽지 않고도 읽은 척 하는 사람, 자기도 안 읽고 남도 못 읽게 하는 당신들과 눈물겹게 살아야 한다. 시낭송회와 북콘서트는 없는 독자를 억지로 불러내는 쓸쓸한 호객이다. 시집 사려! 나는 언제나 나에게 묻는다. 그대는 누구의 독자이신가. 나는 언제나 확실하게 대답한다. 지하철에 걸린 시를 읽는다. 일년에 한두 번 받게 되는 지인의 카톡을 읽는다. 트위터를 읽는다. 페이스북에 걸린 누군가의 일상을 읽는다. 읽지 않고 책상 위에 쌓여 있는 책등을 읽는다. 포개어진 책들의 상간(相姦)이 좋다. 그들의 무차별한 대화가 좋다. 1류 작가, 2류 작가, 2.5류 작가, 3류 작가, 4류 작가, 5류 작가. 작가의 계층도 천차와 만별이다. 거기에 어울리는 독자가 있을 뿐이다.

　시인은 밥 먹듯이 읽어야 한다.

　자외선 차단용 크림의 설명서도 읽어야 한다. 시집 보내준 시인의 주소와 이메일과 전화번호도 읽어야 한다. 매월 정기적으로 내가 구독하는 것은 아버지 요양원에서 보낸 소식지와 장기요양급여 제공 기록지다. 거기에 촘촘하게 기록된 튜브영양공급식, 목욕, 틀니 손질, 산책, 목욕, 박수치기, 가족이름 말하기를 읽는다. 국민건강보험공단 서울강원지역본부에서 보내는 보험료 산정 안내서도 읽는다. 빗소리도 읽고, 햇빛도 읽고, 에세이는 읽지만 수필은 읽지 않는다. 한 가지 빠졌군. 드물지만 내 책도 읽는다. 그때마다 반성되지 않는 것을 보면 나의 글쓰기는 진화하지 않고 있다. 갔던 길 처음 가는 것처럼 시침 떼고 다시 간다. 지속적인 다시 쓰기와 겹쳐 쓰기. 중계동에서 박세현 시 무료로 읽어보실 10명의 독자를 모집합니다. 페이스북에 공지를 올려야겠다.

　진정한 글쓰기는 독자 없는 글쓰기다.

　내 말인가. 아니다.

　귀신의 말이다.

10

옛지인에게서 문자가 왔다.

잘 지내시나요?

이 문장은 내가 방심하고 있는 삶의 한 장면을

내 대신 연기한다. 나도 내가 살고 있는 삶의 실상을 잘 모르면서 살고 있다. 그냥저냥이나 그럭저럭이라는 말이 흘리고 있는 삶의 한 장면을 되는 대로 가공해서 지인의 문자에 답한다.

지금 내가 앉아 있는 장소를 구체적으로 말하는 것은 여러모로 옳지 않다. 미학적으로나 윤리적으로나 이 소설에 도움이 되지 않는다. 그냥 서울 시내에서 흔하게 볼 수 있는 전철의 지하 통로라는 것만 상상하면 된다. 오늘 아침 아니면 어제 저녁에 걸어왔을 그 통로라고 생각하면 틀림없다. 긴 통로의 한켠에 아무렇지 않은 표정으로 앉아 있는 남자를 본 사람도 있을 것이다. 본다는 생각 없이 보았기에 어떤 잔상도 남아 있지 않은 사람도 있겠지만 그런 것은 중요하지 않다. 요즘 어떻게 지내시는가에 대한 즉답은 내가 바로 전철역 환승 통로에 앉아 있었다는 사실이다. 잘 사시나요는 의문문이 아니다. 잘 지내시겠지만이라는 일방적 전제다. 어디 가세요와 같은 인사말이다. 답이 무용한 질문에 나는 친절한 주석을 달고 있다. 왜? 그건 옛 지인의 안부 문자와 상관없는 내 실존의 상황이다. 이 내용은 사실이 아니지만 사실이 아닌 것도 아니다. 사실과 허구가 서로의 위치를 바꾸는 어떤 지점에 대한 사실적인 이야기다.

지금 시각은 오후 한 시.

나는 하루에 두 시간 영업한다.

화요일, 목요일 이틀만 출근한다.

지금 내가 앉아 있는 자리 앞으로 전철 승객들이 분주하게 지나간다. 나를 힐끗거리는 사람이 없는 것은 아니지만 대다수는 빠르게 지나간다. 나는 그들의 무릎 아래에 시선을 고정시킨다. 그것은 흥미로운 박물학이다. 지나가는 사람들의 다양한 정말 다양한 신발이 눈에 들어온다. 구두와 일상화, 여자와 남자, 청년과 중년과 노년과 어린이, 새것과 좀 덜 새것과 낡은 것과 많이 낡은 신발, 외로운 신발과 열받은 신발과 행복하고 싶은 신발들이 각자 제걸음으로 움직인다. 세상의 온갖 다종다양한 신발이 내 앞을 지나가고 있다는 현실에 놀란다. 개중에는 남의 것을 신고 가는 발도 보인다. 마치 제 신발인 듯. 아니면 남의 것인 줄도 모르는 채로 분주히 살아간다.

 내 앞에는 두어 번 접었다가 펼쳐놓은 희고 도톰한 종이가 있고, 그 위에 두 줄로 나의 책들이 진열되었다. 세 종류의 시집과 산문집이다. 『여긴 어딥니까?』『헌정』『아무것도 아닌 남자』는 시집이고 『거북이목을 한 사람들이 바다로 나가는 아침』은 산문집이다. 이렇게 펼쳐놓고 앉으니 생각보다 마음은 편하다. 잡상인이나 걸인의 포즈이지만 그게 뭐 어떤가. 독자를 최전선에서 직접 마주친다는 점은 시낭송회나 북콘서트와 다르지 않다. 오히려 더 생생한 현장이다. 사실 나는 이 프로젝트를 위해 어젯밤부터 아니 한 달 전부터 설레었다. 나의 착상과 실행에 대해 못마땅하게 생각할 지인들도 있을 것이다. 갑자기 지인이 누군지 떠오르지 않는다. 우연히 이 프로젝트가 뇌리를 스쳤는데 나는 나의 아이디어에 동의했고 즉시

실천하기로 했다. 내 서재에 있는 재고를 행상 형식으로 마케팅해보자는 발상이다. 내 책이 소매행위에 값할만한 상품인지 아닌지는 따질 문제가 아니다. 그건 구매자들의 몫이다. 책값은 부르는 게 값이다. 공짜로 줄 수도 있고, 내키지 않으면 팔지 않을 수도 있다. 통로에 자리 펴고 앉은 지 한 시간 지나갔는데 마수걸이를 못했다. 아무도 거들떠보지 않았다. 내 이럴 줄 알았지. 아무튼 내가 정한 영업 방침을 지키자. 잊었군. 책 앞에는 조그만 음료수 박스를 놓아두었다. 오늘의 금고 즉 돈통이다. 화장실 갔다 오니 돈통에 천원짜리 한 장이 들어 있다. 웃었다. 이것은 책값이 아닐 것이다. 그 순간 한 줄기 광채가 지나갔다.

이거 파는 거예요?

첫손님이다. 이어폰을 귀에 걸고 있는 삼십대 중반 정도의 여자다.

파는 겁니다. 나는 짧게 대답했다.

그녀가 집어든 책은 시집 『헌정』이었다. 얼마라고 해야 하나. 부르는 게 값이라고 생각해두었지만 이 순간에는 멍해졌다. 그건 하드카버라서 천원 더 주셔야 합니다. 이것도 아니고. 출간된 지 몇 년 지났기에 할인가격으로 드립니다. 이것도 아닌 것 같고. 제가 죽으면 이 시집은 값이 좀 오를 겁니다. 이 것도 아닌 것 같아서 머뭇거리는 사이에 첫 고객은 금세 구매 의사를 버리고 지나갔다. 그러면 그렇지. 내 이렇게 될 줄 알 았지. 희미한 낙담을 추스르는 사이에 또 한 명의 고객이 등 장했다. 이번엔 지팡이를 짚은 70대 중반의 깔끔한 할머니다. 그녀는 한참 책과 나를 번갈아보더니 한마디 툭 던졌다.

식사는 하셨소?

나는 할머니를 쳐다보면서 빙긋이 웃어주었다. 걱정하지 마 세요. 이런 정도의 메시지가 담긴 웃음이다. 한참 서 있던 할 머니는 병원시간이 늦었다며 묻지 않은 말을 남기고 떠나갔 다. 그런 시간이 흐른 후 옆자리에 한 남자가 자리를 잡았다. 오십대 중후반으로 보이는데 그는 들고 온 음료수 박스를 자 기 앞에 놓았다. 나도 마셔본 적 있는 음료수 이름이 새겨졌 다. 모자를 썼고 수염은 없었다. 마스크로 가린 얼굴 윗부분 은 말끔해보였다. 동업이 생겼다고 해야 하나. 그는 내게 눈인 사를 건네더니 반가부좌 자세로 앉았다. 간이 참선 자세라고 해야겠다. 눈을 감고 조는 시늉을 했다. 나는 그가 궁금해 그 를 힐끔거렸는데 그는 자세를 흐트리지 않았다.

"선생은 여기 자주 오시나요?" 내가 말했다.

"네. 본래 이쯤이 내 자립니다. 오늘은 좀 늦었어요. 조카 결혼식이 있었거든요." 오늘이 말했다.

"바쁘시군요." 내가 말했다.

"사장님은 책을 파시나 봐요." 사장님이 말했다.

"아직 개시를 못했소." 내가 말했다.

"그럴 겁니다. 나도 이 자리에서 재미 본 적 없거든요." 재미가 말했다.

"무슨 물건을 취급했는데요?" 내가 말했다.

"그냥 이렇게 앉아 있습니다. 구걸입니다. 2만원 올린 날도 있었지만 대개는 만원 미만입니다." 만원이 말했다.

"2만원 정도면 괜찮은 거 아니오?" 내가 말했다.

"그렇지요. 6천원짜리 순댓국에 소주 한 병 마실 수 있는 정돕니다. 사실 내 본업은 따로 있습니다." 본업이 말했다.

"이게 본업이 아니군요." 내가 말했다.

"투잡입니다. 이 짓은 뭐냐 삶의 리듬 조절용 체조라고 보면 됩니다. 주업은 야간경비원입니다." 경비원이 말했다.

내가 화장실에 다녀오는 사이에 그가 시집 한 권을 팔았다. 나 없는 사이에 매상을 올렸다. 여긴 어딥니까? 5천원. 옆자리가 빙긋이 웃었다. 나는 고맙다고 말했다. 그는 매일 나오는 것이 아니고 일주일에 두어 번 정도 나와 앉는다고 했다. 깊은 얘기는 나눌 수 없었지만 그가 사용하는 언어에는 근거 없는 먹물냄새가 묻어났다. 그러면서 자신은 이 짓이 좋다고 했다. 취향에도 딱 맞는다고 말했다. 자기는 세상일에 대해 긍정도 부정도 하지 않는 편이라면서 세상이 자기 길을 가듯이 자신은 자신의 포즈로 살 뿐이라는 말에 힘을 주었다. 그가 슬며시 내 책을 집어 들고 아무 페이지나 펼쳐서 읽기 시작했다. 표정은 무관심 그 자체였다. 책을 제자리에 놓으면서 반가부좌에 얹혀 있던 다리 위치를 교환했다.

"그러니까 이 책들이 선생님 책이라는 말씀이잖아요?" 책이 말했다.

"어떻게 아셨소?" 내가 말했다.

"책 날개에 박힌 사진 보고 알았지요. 시인이시군요. 좋지요. 시인" 시인이 말했다.

"오늘 따라 이 통로에 사람이 덜 지나다닙니다." 내가 말했다.

"시는 왜 쓰세요?" 왜가 말했다.

"노느니 염불하는 거지요." 내가 말했다.

"한가로운 얘기 아닙니까?" 한가로움이 말했다.

"한가롭지 않을 때도 있습니다." 내가 말했다.

"내 친구도 시인인데 걔는 맨날 남의 것을 슬슬 베낍디다. 그래서 시인은 베끼는 일이구나 하고 삽니다. 선생님도 그런가요?" 선생님이 말했다.

"대체로 그렇지요." 내가 말했다.

"솔직하시군요. 베끼는 데도 윤리 같은 게 있는지요?" 윤리가 말했다.

"베끼는 건 비윤리지만 베끼다가 지치게 되면 윤리적이 됩니다." 내가 말했다.

"잘은 모르지만 우린 다 표절하며 사는 거잖아요." 표절이 말했다.

"표절하지 않기란 죽기보다 어렵지요." 내가 말했다.

"나도 남들처럼 살 때는 남의 옷 입은 것 같은데 오늘처럼 전철 통로에 앉아 있으면 내가, 내가 되는 희한한 느낌을 가지게 됩니다." 통로가 말했다.

"인문학이군요." 내가 말했다.

"불안이지요." 불안이 말했다.

"리스본을 아시나요?" 내가 말했다.

"리스본은 모르고 페르난두 페소아는 들어보았습니다." 페소아가 말했다.

"내 이름은 차이라고 합니다." 차이가 말했다.

"차씨군요. 에, 또 나는 대충 준이라고 해둡시다." 내가 말했다.

"차이가 많이 난다고 주변에서 붙여준 별명입니다. 겉과 속, 이상과 현실, 진심과 거짓 등등. 온통 차이뿐이랍니다. 하다 못해 5분 전과 5분 후의 나는 다른 말을 합니다. 신념과 가치관도 달라지거든요. 나도 놀랍니다. 밤에는 진보주의자이고 낮에는 보수주의자이지요." 진보주의자가 말했다.

"차선생, 우리 어디 가서 한 잔 하실까요?: 내가 말했다.

"역시 시인이시군요. 시인들은 술을 좋아하더군요." 술이 말했다.

"소설가들도 술 좋아하지요." 내가 말했다.

"국회의원들도 술 좋아하지요." 국회가 말했다.

"백수도 술 좋아하지요." 내가 말했다.

"사기꾼들도 술 좋아하지요." 사기꾼이 말했다.

"아내도 술 좋아하고 남편도 술 좋아하지요." 내가 말했다.

"얼룩말의 사정량은 회당 평균 1.5리터랍니다." 얼룩말이 말했다.

"어제 서울아트시네마에서 짐 자무시의 「미스테리 트레인」을 본 사람은 25명일 겁니다." 내가 말했다.

"65세 넘은 관객은 한 명. 티켓은 경로할인받아 6천원. 좌석은 F열 6번이었겠지요." F열이 말했다.

"올해 60세가 된 듯한 여자도 한 명 있었을 겁니다." 내가 말했다.

"영화관을 잘못 찾았을 수도 있겠지요." 영화가 말했다.

"행복했습니다." 내가 말했다.

"지금은요?" 지금이 말했다.

"영화적 행복은 아닙니다. 뭐랄까. 영화를 보고 있는 동안. 서울이 영화의 배경이 된 멤피스 같았고, 내가 앉아 있는 영화관은 영화 속의 값싼 호텔 같았습니다. 저마다의 사연을 가지고 극장에 와 영화를 보고 있다는 느낌은 미스테리 트레인의 작중의도와 엇비슷했거든요. 1호실에 투숙한 사람, 2호실에 투숙한 사람, 3호실에 투숙한 사람 다 각각의 스토리가 있잖아요. 음, 그렇겠지요. 커플로 여행 중인 사람, 혼자 여행 중인 사람, 여자, 남자, 애인과 헤어진 여자, 해고된 사람, 앨비스 프레슬리 닮은 사람, 앨비스 프레슬리 닮아서 화가 나는 사람, 옆방에서 열심히 하고 있는 소리 듣는 사람들이 다 같은 호텔에서 칸막이 쳐놓고 투숙하는 영화지요. 그들은 서로 모르는 사람이고, 나중에 같은 트레인에 타게 됩니다. 재밌잖아요. 우리네 삶이 다 그렇다고 말하려는 건 아닙니다. 젊은 일본인 여자가 호텔 종업원에게 자두 한 개를 팁으로 줍니다. 종업원에게는 먹지 않는 게 좋다고 하면서 뚱뚱한 지배인은 자두를 자기 입에 퐁당 집어넣었습니다. 그 대목에서 좀 쓸쓸했지요. 내 아버지가 세무사 사무실에서 빈 서류봉투를 여직원에게 내밀며 하던 말이 생각났습니다. 선물이야, 그랬습니다. 맥락이 맞지 않지요. 아버지 나이도 80대 후반이었고, 걸음도 겨우 걸어서 내가 부축해야 했거든. 아버지개그지요. 말이 났으니까지만 아버지는 십여 년 전 어느 날 식구들 앞에서 뜬금없는 선언을 했습니다. 나는 금년에 죽는다. 앞뒤 없는 말이었는데 선언하고 십년이 지났는데 지금도 선언은 이루지지 않고 있습니다. 미스테리 아닙니까? 미스테리." 내가 말했다.

"선생과 내가 이 자리에 앉아 있는 사실만큼 엄연한 미스테리는 없겠지요." 미스테리가 말했다.

"저 남자 보세요." 내가 말했다.

"철학자의 표정이군요. 사는 게 사는 게 아닌 표정입니다." 표정이 말했다.

"시에서 철학으로 넘어간 얼굴입니다." 철학이 말했다.

"시와 철학은 의무감으로 전화를 걸어서 관심도 없는 서로의 일과를 묻곤 하는 아주 오래된 연인 같은 사이랍니다." 내가 말했다.

"서로를 불편해하면서도 끝내 헤어지지 못하는 사이." 불편이 말했다.

"넌 정말 아니거든." 내가 말했다.

"네가 나한테 이러면 안 되지." 네가 말했다.

"혹시 로쟈를 읽으셨나?" 내가 말했다.

"다 옛날이랍니다. 노자도 들어봤고 015B의 노래도 알지요." 015B가 말했다.

"그렇군요. 아까 우리 앞으로 지나간 남자의 표정이 그랬다는 거지요. 현실과 인생의 관계가 그의 얼굴에 드로잉 되었더군요. 아닐 수도 있을 겁니다. 본래 태어날 때부터 그런 얼굴도 있으니까요. 행복할수록 불행한 표정을 달고 있는 사람도 많아요." 내가 말했다

"자기 가면 자기가 뒤집어쓰고 사는 거지요." 가면이 말했다.

"저기 역무원이 옵니다. 우리를 향해 오는군요." 내가 말했다.

"자리를 걷어야 할 겁니다. 번호라도 나눕시다. 시인 선생님." 번호가 말했다. 그는 내가 불러준 번호를 읊조리며 입력했다.

"010-2299-5959 맞지요?" 5959가 말했다.

"0102-299-5959입니다." 내가 고쳐주었다.

"다른 데로 이동해주세요. 여기서 이러시면 안 됩니다." 역무원이 말했다.

"어디로 이동하면 됩니까?" 차이가 말했다.

"알아서들 하세요." 역무원이 말했다.

11

항구에서 우연히 준을 만났고,

며칠 전에는 지하철 통로에서 반가부좌한 차이를 만나기도 했다.

그는 내 삶에 개입한 까메오 같은 인물이다.

일인칭 관찰자 시점의 내러티브를 읽은 듯하다. 꿈을 꾼 듯도 하고, 허구를 벗겨내고 현실의 맨바닥을 걸어나온 듯도 하다. 먼 곳에 갔다가 지금도 나는 돌아오고 있는 중이다. 영화관을 나왔는데 영화가 계속되는 실감을 살고 있다. 쓰고 보니 다 같은 맥락이다. 그냥 둔다. 지나간 현실을 수정할 수 없는 것처럼 문장도 수정하는 것은 부도덕하다. 아름다운 문장이란 그럴 듯하게 갈고 닦여진 문체를 의미하는 것만은 아니다.

오랜만에 산책을 다시 시작했다.

산책은 운동과는 다르다. 생각을, 망상을, 잡념을 정리하는 시간이다. 정리한다기보다 정리된다는 수동형이 맞다. 아무 생각 없었는데 삼십분 쯤 걷고 나면 어떤 생각은 말끔해지고 어긋난 생각들은 더 어긋나기도 한다. 그제서야 어긋남이 제 자리라는 걸 깨우칠 때도 있다. 사람들은 이 맛으로 산책을 하는지도 모르겠다. 산책길에 나의 호기심을 건드리는 풍경은 골목에 숨어 있는 이발소다. 이발관도 맞나? 영화관은 영화소라고는 하지 않는다. 열려 있는 문에는 구식 발이 드리워져 있다. 이발용 의자는 두 개다. 가정집 방 하나를 터서 이발용 물건들을 들여놓은 것 같다. 무엇보다 이발소는 아주 오래되었다는 인상을 준다. 한때는 동네 사람들이 단골이었겠지만 이제 이곳을 이용하는 사람은 하루에 한 두 명 정도 있을 것 같다. 고객은 다 노인들이겠지. 이것은 단순한 나의 추리일 뿐이다. 어렸을 때 보았던 이발소가 겹쳐졌다. 말간 유리창 너머로 아버지들이 의자에 길게 누워서 면도를 하던 기억들이 지나간다. 내가 지금 옛날을 회상하고 있구나. 다음에, 이발소는 다음에 들러 보자. 구수한 할아버지 이발사를 만날지도 모른다. 나는 어느 날 이곳에 들러 머리를 깎을지도 모른다. 늙은 이발사는 내 머리를 이 동네 스타일로 만져줄 것이다. 나는 거울에 내 모습을 비춰보며, 드디어 내가 이 동네에 적응

했구나, 이런 표정으로 요금을 내고 돌아선다. 만족스럽다는 듯이 모르는 노래 한 소절을 휘파람으로 불지도 모른다. 그게 나다.

　맥주, 양주. 골목길 술집 간판에 붙은 광고다. 예외가 없다. 술집이 여러 형태로 분화되고 진화되는 과정을 제때에 뒤좇지 못한 영업 형태다. 어금지금한 가게들이 줄줄이 붙어 술집 상권을 만들고 있다. 백작, 풀잎, 분홍신, 주홍글씨라는 간판이 보인다. 한 시대의 유물 같다. 비동시성의 동시성이 이처럼 확연하게 상연되는 곳도 드물겠다. 시골에서 상경해 동생들 학비를 벌기 위해 일하는 여자들이 손님을 기다릴 것 같은 풍속화다. 최인호의 『별들의 고향』, 조해일의 『겨울여자』, 조선작의 『영자의 전성시대』가 지나간다. 2020년 8월에 나는 너무 멀리 가버린 시간들을 불러내고 있다. 골목길로 접어드니 골목길은 여느 때와 다르지 않다. 쓰레기봉투와 버려진 물건들이 나와 있다. 쓰레기를 가득 담은 봉투들이 집앞에 각양각색으로 버려져 있다. 그 골목이 그 골목같아서 올 때마다 갈피를 잡기 난감하다. 동네주민이야 이런 복잡함이 장악되겠지만 한두 번 지나가는 사람들에게 이 골목길은 난삽하다. 어느 집 앞에서 나는 걸음을 멈추고 집에 걸린 간판을 들여다보았다. 동북아시아변방연구소. 간판만으로는 내용이 잘 잡히지 않는다. 간판 주인이 이사 가면서 간판을 철거하지 않은 채로 그냥 둔 모양이다. 간판의 칠들이 벗겨져서 글자는 겨우 흔적만 남아 있다. 미스테리다. 누군가가 자신의 변방성을 조율하면서 중심을 도모하기 위해 모색했던 아지트가 아니었을까. 사교적(邪教的) 열망은 누구에게나 있다. 권력의 빛이 비추지 못하는 곳에서는 스스로 빛이 될 수밖에 없다. 자신이 빛이 되면 자신을 제외한 타자는 어둠으로 남는다. 나는 머리를 털어낸다. 머릿속에 잡바이러스가 낀 것 같다. 의자 두 개 놓고 영업하고 있는 이발관 주인을 만나보려는 생각을 머리에 메모한다. 금방 다시 메모를 지운다. 이발관 주인은 만나지 않는 게 좋겠다. 마을버스가 다니는 작은 도로로 나오니 주홍글씨라는 술집 간판이 보인다. 거기 들어가서 아침술이나 한 잔 하는 생각을 다듬어본다. 술집 상호로 주홍글씨는 아무래도 좀 가혹하다.

갑자기 빗방울 후두둑. 이마가 맑아진다.

산책을 마무리 하라는 신호다.

골목길을 버리고 큰길로 걸어나왔다.

출근객들이 늘어나고 있다. 출근을 면제받은 나 같은 경우는 다행인가. 내가 내게 묻는다. 한참 있다가 나는 대답한다. 그렇습니다. 나는 국가와 사회와 나 자신에게 기생했을 뿐이다. 페르난두 페소아가 직접 작성한 이력서가 떠오른다. 직업: 가장 적절한 명칭은 "번역가", 가장 정확한 명칭은 "무역 회사 해외 통신원"일 것이다. 시인 또는 작가인 것은 직업이라기보다 소명이다. 수행한 사회적 역할: 이 말이 공적인 의무 또는 주목할 만한 책무를 의미하는 것이라면, 전혀 없음. 페소아와 나는 급수가 같지 않다. 나는 페소아의 말에 동의하지만 페소아는 내 말에 동의하지 않을 것이다. 이 당연하고 황당한 차이를 나는 아낀다고 쓴다. 건널목에서 신호대기를 하고 있는데 옆에 선 여성 둘이 햇살을 손으로 가리며 즉물적인 무의식을 주고받는다.

중년 1: 나는 집에 들어가면 나오기 싫어.

중년 2: 나는 집 나오면 들어가기 싫어.

12

짐 자무시는

중국 황제에 대한 영화보다 자신의 개를 산책시키는

한 사내에 대한 영화를 만들고 싶어했다.

　내가 소설을 쓴다면 소설가나 시인은 등장시키지 않겠다.
재미없다. 정치인도 그렇고 음악인도 학자도 재미없을 것이다.
왜 그런 직업군이 뻔해 보이는지 모르겠다. 나는 나의 편견을
존중한다. 신념이나 지식에 기대는 인물은 내가 다루고 싶은
유형이 아니다. 지식에 오염된다는 것은 서글프고 초라한 일
이다. 지식에 오염되면 이론의 끄나풀 노릇은 하겠지만 유통
기한은 극히 짧다. 한국문학도 그런 게 아닌가 생각될 때가 있
다. 이런 생각은 주장도 무엇도 아니다. 문학의 가장자리에서
느끼는 체감이다. 개똥철학으로 풀자면 시는 시 같지 않은 시
가 좋고, 소설은 소설 같지 않은 소설일수록 소설에 가깝다고
본다. 그러니까 등단제도를 통해 길들여진 문인들은 문학의

미래를 감당하기 어렵다. 심사위원용 문학이 그들의 도착점이기 쉽다. 지금껏 한국문학은 그런 와꾸 속에서 유지되었다. 슬픈 일. 시가 무엇인지 질문하지 않는 비윤리적 태도가 문학적으로 체화된 남한사회의 시인들. 나는 그렇게 생각한다. 나는 2017년에 『아무것도 아닌 남자』라는 시집을 납품했다. 읽은 사람은 없겠지만 하여간 사실이다. 이 시집은 목차가 없고 시집 말미에 긴 시인의 말이 달려 있다. 어떤 이는 목차가 없다고 불편감을 토로했다. 시집에 차례가 있어야 한다는 생각은 매우 비시적이다. 시에 일일이 제목을 다는 것도 그러하다. 그럼 어쩌자는 거냐. 이렇게 반응하는 당신이야말로 통념의 친인척이다. 나는 그 시집에 시가 몇 편 수록되었는지 아직 모르고 있다. 세 권 분량의 시가 들어 있지만 헤아려보지는 않았다.

'나는 아무것도 아닌 것에 대해 얘기할 테고, 오늘 내 강연의 주제는 아무것도 아닌 것입니다. 그래서 내 얘기를 들어도 우리는 아무 데도 이르지 못하고, 나는 아무것도 아닌 것에 대한 얘기를 할 뿐이죠. 잠을 자고 싶은 사람이 있다면 눈치 볼 것 없어요. 왜냐하면 난 여전히 아무것도 아닌 것에 관한 얘기를 하고 있을 테니까요. 자리를 뜨고 싶으면 그렇게 하세요. 우리는 여전히 어디에도 이르지 못한 채, 아무것도 아닌 것에 대해 얘기하고 있을 테니까요.' 아무것도 아닌 것(nothing)에 대해 존 케이지(John Cage)가 했다는 강연 내용이다.

무슨 말인지 모르겠다고요? 아무것도 아닌 말이다. 내가 존 케이지가 아니라서 진의를 해석할 수는 없지만 문자 그대로 아무것도 아닌 것으로 추려서 들으면 될 일이다. 아무것도 아닌 것과 아무것인 것의 차이는 아무것도 아닌데 사람들은 그 틈을 멀리 벌려놓으려 한다. 한국문학사가 축적한 모든 빛이 정지하는 순간, 시인과 편집자가 헛발 딛는 순간이야말로 전적으로 새로운 문학이 태어날 것이다. 새롭지 않은 모든 것이 소멸하는 지점이 찾아올 것이다. 안녕하세요? 처음 뵙겠습니다. 대충 쓰세요. 고맙습니다. 나는 그 순간 나의 텅 빔과 마주할 것이다. 이제 시를 잘 쓴다는 말, 소설을 잘 쓴다는 말을 의심해야 합니다. 문학이 삶을 반영한다는 둥, 삶을 반성한다는 둥, 삶을 재구성한다는 둥, 새로운 가치나 의미를 발견 심지어 무엇을 발명한다는 발언들은 귀 기울일 일이 없습니다. 그건 업계의 철지난 영업 방침입니다. 세상은 의미나 가치와 상관없이 너절하고 시시하게 제멋대로 아무렇게나 굴러갑니다. 문학의 등 뒤에서 누군가 그렇게 일러주는 것 같다. 아침부터 너무 무거운 생각을 했다. 답이 없는 문제를 생각할 때마다 나는 열이 오른다. 오버하는 것이다. 산책이 끝나면 올라왔던 체온도 제자리로 돌아간다. 신호등도 잘 지키고, 마스크도 잘 쓰고, 손도 잘 씻는 정부의 담론 속으로 들어간다. 어떤 뉴스도 덮어버리는 노란 유니폼을 입은 질병관리본부 담당자가 발표하는 코비드19 확진자 통계를 듣게 될 것이다. 지금은 사회적 거리두기 코로나 2.5단계.

13

준은 가끔 그날 일을 떠올린다.

그날 강릉 사천항에서 만났던 시인이라는 작자.

우연처럼 만났지만 준에게는 우연으로 정리되지 않는다.

그날 그와 나누었던 대화는 우연이라기에는 우연 같지 않은 구석이 여러 대목에서 발견된다. 몇 가지 사실은 준과 거의 같고, 생각도 같은 방향에 있고, 같은 문체로 말하고 있지 않은가. 준은 그 작자가 쉽게 수용되었다. 준은 누구를 호락호락하게 받아들이는 스타일이 아니다. 아니 그런 위인으로 설계되지 못했다. 그날 만났던 전직 교수는 준의 마음에 계속 걸려 있다. 비유를 싫어하는 준이지만 비유를 만들어본다. 그날의 만남은 마치 덜 헤어졌거나 덜 만나진 연인관계 같다고 해야겠다. 사천에 가면 다시 만날지도 모른다는 막연한 예감이 있다. 그때는 지금 준의 몸에 남아 있는 미진감을 다 털어내리라 다짐해둔다. 그러나 그것은 그것일 뿐이다. 준은 타인이 자기 삶에 틈입하는 걸 원하지 않는다. 그에게 인간관계는 기계적이고 도식적이다. 운전자와 보행자, 선생과 학생, 부모와 자식 같은 이항대립적 형식성을 잘 지켜내야 한다. 자신의 역할을 넘어서는 것을 준은 용납하지 않으며 살아왔다. 이 기준에 예외는 없다. 사천항의 만남도 이 원칙이 적용된다. 우연히 만나고 헤어진 사람 그게 실상의 전부다. 잠시 합석해서 대화를 나누었다는 계기를 인연이라는 끈으로 묶으려는 속스러움은 불편하다. 일주일에 한번 사천항에 들르는 일은 피할수 없는 준의 일과가 된 지 오래다. 항구 안에 들어와서 날아오르던 갈매기가 준의 눈앞에서 날개를 편다. 되도록 쓰지 말아야 할 말 몇 개. 루틴, 소환, 팩트. 디테일. 전국민이 거국적으로 일용하는 단어다. 모르는 사람의 어깨에 기대어 잠들었을 때와 비슷한 어색스러움.

만국의 프롤레타리아여, 단결하라.
공산당 선언을 읽는 오월의 밤.
굵은 소금 같은 빗줄기.
나는 새로 쓴다.
역사를, 문학사를, 예술사를.

세상은 뒤집어져야 한다.

지금의 속도가 아니라 10세기는 건너뛰고

모든 역사 모든 고전 모든 영웅들 재발명하고

오로지 다시 시작해야 한다.

그날을 위해 무조건 화려하게 파산해야 한다.

　준은 2018년에 납품한 자신의 산문집 『시를 쓰는 일』을 펼쳐놓고 있다. 31쪽이다. 우연히 그 앞에 열린 페이지다. 책은 204쪽이고 출판사는 오비올프레스다. 외로운 날에 불기 좋은 휘파람 같은 산문집이다. 책이 있는 분은 31쪽을 펼치고 같이 읽어도 좋겠다. 읽어. 책이 마치 명령하는 것 같다. 지금도 이 생각 이 문장에 동의하는가. 책이 묻는다. 활자들이 각자 일어나서 준에게 묻는다. 준은 웃는다. 그렇지 않다. 저것은 내가 쓴 문장이 아니다. 책이 다시 묻는다. 그럼 누가 썼는가. 내가 썼지만 나는 아니다. 무슨 궤변인가. 궤변이 아니다. 치고 빠지는 얘긴가. 그렇다. 모든 글은 필자가 있지만 그때의 필자는 필경사의 역할만 맡는다. 나는 필경사였다. 개소리를 지껄이시는군. 그렇다. 참다운 개소리다. 내 속에는 여러 겹의 내가 있다. 여러 벌의 나는 서로 모르는 나다. 그들은 필자의 졸

개들이 아니다. 필자가 그들의 졸개 역을 맡고 있다는 말이 더 엄밀하다. 그때 내 손을 타고 내려왔던 나는 누구인지 나는 모르겠다. 말하자면 당신은 바지사장이다. 그렇다. 형식적 주체로 지금 저 문장에 대한 입장은 무엇인가. 다소 격하고 치기스럽다고 생각하지 않는가. 또는 수정하고 싶지는 않은가. 격하고 치기스럽다. 수정하고 싶다. 그러나 그렇게 하고 싶지 않다. 모든 수정은 교활하고 기만적이라는 신념 때문이다. 옳다는 말로 들린다. 옳다 그르다의 판단은 아니다. 격한 것은 잘못이 아니다. 치기도 잘못이 아니다. 나는 수정주의자를 증오한다. 역시 당신은 급가속주의자다. 고맙다. 나이 들면서 고맙다는 말을 자주 하게 된다. 진심이다. 믿어주길. 시인과 남자는 질병이다. 죽어야 낫는 병이다. 나는 죽을 것이다. 시를 잘 쓴다는 것과 시인이 된다는 것은 같지 않다고 본다. 잘 쓰는 시는 널려 있지만 시인은 그렇지 않다. 이 책에서 당신이 아끼는 글이 있는가. 아빠 좋아 엄마 좋아 같은 질문은 삼가자. ㅎㅎ. 이 책에 특별한 글은 있는가. 있다. 어떤 점에서 그러한가. 읽어보면 안다. 읽어주게. 83쪽에 실린 시 「새가 울던 날」이다. 새는 시 쓴 주체인가. 나는 시의 주인이 아니다.

산문집 계약금으로 오만원을 받았다.

5월 마지막 전날

새가 울던 날이다.

술잔 앞에서 출판사 주인은

조용히 지폐를 꺼냈다.

(위약금은 백 배)

내가 쥐어본 가장 큰돈이다.

글쓰기를 잘했다고 생각했던 첫날이고

머리맡에서 낯선 새가 울던 그날이다.

이런 사건에 비추어볼 때

나는 운이 좋은 분이다.

　운이 좋으시군. 계약금으로 거금 5만원을 받았으니까. 현금으로 받았다. 시는 어떻게 읽히는가. 당신 문체 같기도 하고 남의 거 빌린 것 같기도 하다. 하여튼 재미는 있다. 그럼 고맙다. 시에서 그 이상 뭘 기대하겠나. 동의. 시는 뭘 주고받는 장르가 아니다. 이견이 많을 거다. 이견은 좋다. 세상에 나쁜 건 맞장구다. 짱구. 맞장구는 원쑤다. 제목이 새가 울던 날인데 어쩐지 시 쓴 당신이 울 것 같다. 침묵하겠다. 나는 안다. 뭘.

우는 이유. 별 걸 다 짐작하는군. 하긴 책이니까. 책의 입장으로 말하겠다. 당신이 이 책을 납품하고 울게 된다면 이유는 하나다. 아무도 이 책을 읽지 않고 구매도 하지 않는다는 그 반작용과 분심 때문에 울었을 것이다. 저자는 침묵하겠다. 계약금 5만원 값도 못했다는 수치심도 있다. 머리맡에서 울던 낯선 새는 당신이겠군. 묵묵부답. 독립출판사 측에는 늘 미안하다. 책 전량을 구매해서 불태워버릴 생각도 해봤다. 자발적 분서갱유는 좋은 의례다. 꼭, 실천하시라.

준은 이 대목에서 자신의 산문집을 덮는다.

책상에서 담뱃갑을 집어 들고 담배 한 가치를 꺼낸다.

준은 금연을 후회한다.

항구에서 만난 전직 교수라면 어떤 말을 할지 궁금해진다. 그는 교수가 아닐지도 모른다. 그가 궁금해진다. 그도 나도 다시 만난다면 더 솔직해져야 한다. 모래밭에 앉아서 안주 없는 깡소주나 나누면서 원점에서 대화를 다시 시작해야 한다.

14

다시 일주일 후 나는

서울 양양 고속도로 북강릉 요금소를 빠져나와

같은 시간 같은 장소 사천항에 도착했다.

나의 일정이 시작되는 것이다. 늘 하던 대로 항구 주변에 차를 세운다. 저번 주와 같은 장소다. 길 건너 카페 페루가 작은 항구를 굽어보고 있다. 새들은 페루에 가서 죽다. 주인이 로맹 가리를 좋아하는지 어떤지는 모르지만 카페는 그런 분위기와는 상관없어 보인다. 그저 한적하고 조용하고 느긋하다. 다 같은 말들이군. 다시 써보자. 나른하고 잔잔하고 고요하다. 역시 동어반복이다. 전에 들러본 경험상으로는 뭐 그렇다는 말이다. 물횟집 틈에서 커피집은 이물감이 전해진다. 나는 느린 걸음으로 부둣가에 들어선다. 어쩌면 전직 교수 준을 만날지도 모른다는 개념적인 기대가 있다. 항구는 지난 번과는 다르게 바람도 없고 평상심을 유지하고 있다. 정박 중인 5톤 미만의 어선들은 저소득 생계형의 항구 풍경을 만들어낸다. 누가 시적인 풍경이라 말했다면 나는 수긍했을 것이다. 그런 말들은 시와는 상관없는 일임을 나는 안다. 나는 천천히 걸으면서 항구를 마음에 들인다. 등대가 있는 방향으로 걸음을 옮기는데 이쯤에서 만나던 검은 고양이 거미가 보이지 않는다. 보통은 녀석이 먼저 나를 알아보고 다가오곤 했다. 오늘은 녀석이 보이지 않는다. 파도를 물고 있는 테트라포드 하나를 손으로 들어본다. 가볍게 들린다. 그걸 다시 제자리에 내려놓고 등대 쪽으로 걸어간다. 걸어간다. 걸어간다. 항구가 한눈에 들어온다. 지평선이 다소 기울어졌다. 바라보는 위치에 따라서 대상과 풍경은 다른 말을 한다. 같은데 다르다고 생각하고 다른데 같다고 인식한다. 보편은 다른 것을 거세하고, 특수는 공통성을 삭제한다. 우리는 같기도 힘들고 다르기도 힘들다. 다르다는 말이 새롭고 무섭게 다가온다. 다시 준이 생각났다. 나는 그와 만났던 장소로 돌아왔다. 분명 여기였다고 생각되는 곳에 왔지만 아무것도 없었다. 눈앞에는 배들이 자기 리듬으로 출렁대고 있다. 나는 횟집으로 가서 다시 한번 물어보았다. 횟집 주인은 저번과 같은 말을 되풀이했다. 이곳에는 누구도 테이블을 내어놓고 영업을 하지 못한다고 못박았다. 지난번에 내가 어떤 남자사람과 앉아서 술을 마셨다고 해도 그는 막무가내였다. 사장님, 보시다시피 지금 여긴 아무것도 없잖소. 그렇듯이 지난 주도 지지난주도 아무것도 없었소. 물론 이번 주도 다음 주도 여기서는 술을 판다든가 하는 상행위를 할 수가 없다는 말씀입니다. 상행위가 성행위로 들리는 내 무의식이 잠깐 남세스러웠다. 그러니 지금 사장님이 뭔가를 착각해도 한참 착각하고 있소. 나는 횟집 남자의 말소리를 등으로 받으며 돌아섰다. 내가 헛것을 보았다니. 그럼 전직 교수는 무엇이고 시인은 무엇이고 준은 또 무엇이란 말인가. 우리 앞에 와서 시인을 조롱했던 여인도 환영이었던가. 항구를 나와 길을 건너서 카페 페루로 올라갔다. 카페에는 손님이 없다. 고요만이 차분하게 술렁인다. 풋낯이 익은 주인은 안 보이고 대신 마흔 세 살정도로 보이는 여자가 어서 오라는 영업 멘트를 날린다. 나는조금 전에 서성거렸던 항구와 준을 만났던 장소가 굽어보이는 창가에 앉았다. 복잡해진 생각의 가닥을 챙기면서 커피를주문했다. 아메리카노로 주세요. 따뜻한 걸로. 내 앞에 온 여자에게 커피를 주문했다. 눈앞에서 본 여자는 마흔 세 살이 아니고 마흔 다섯 쯤 되어 보였다. 잠시 후 아메리카노가 내 앞에왔다.

"뭐 좀 물어봐도 될까요?" 내가 말했다.

"네, 그러세요." 네가 말했다.

"혹시 페루에 오는 손님 중에 준이라는 이름을 가진 노숙한 남자 기억나십니까?" 내가 말했다.

"죄송하지만 저는 모릅니다. 저는 사장님 땜빵이에요. 나중에 사장님한테 물어보세요." 땜빵이 말했다.

"사장님은 어디 가셨나요?" 내가 말했다.

"사모님이 가출했다나 봐요. 찾는다고 가셨어요." 가출이 말했다.

"출가는 아니고요?" 내가 말했다.

"그게그거 아니에요?" 그게 말했다.

"그렇네요. 가출. 출가. 전도몽상이군요." 내가 말했다.

"선생님 지금 뭐라 그러셨어요?" 지금이 말했다.

"나는 선생님이 아닙니다." 내가 말했다.

"이 동네선 다 선생님이거든요. 커피도 선생님이고 오징어도 선생님입니다. 갈매기, 고양이, 아나고, 항구도 다 선생님입니다." 선생님이 말했다.

"아까 내가 말한 준이라는 분 오거든 이 명함 좀 전해주세요." 내가 말했다.

"그럴게요. 빗소리듣기모임 준회원? 이건 뭐에요?" 빗소리가 말했다.

"뭔가 그럴 듯 하네요. 회원은 많은가요?" 회원이 말했다.

"한 명뿐입니다. 차차. 늘겠지요. 차차차." 내가 말했다.

"그러니까 선생님도 시인이신가 보다. 빗소리 들으며 술 마시고 시 쓰고. 조심하세요. 이 동네는 인구 대비 시인의 수가 많거든요." 시인이 말했다.

"조심할게요. 근데 뭘 조심해야 하나요?" 내가 말했다.

"시는 워낙 은밀한 거잖아요. 불륜처럼. 발설하시면 안 됩니다." 발설이 말했다.

"커피 조금만 더 주세요." 내가 말했다.

"리필은 안 되는데요." 리필이 말했다.

"두 잔 값 받으세요." 내가 말했다.

"에티오피아 예가체프는 어떠세요? 예가체페가 맞는 말인데 다들 예가체프라고 해요." 예가체페가 말했다.

"그게 그거 아닌가요. 그럼 예가체페로 주세요." 내가 말했다.

여자는 커피를 가지러 갔다. 가벼운 스텝으로 돌아가는 여자의 등을 보면서 나는 여자의 나이가 마흔 네 살이 적당하다고 생각했다. 항구를 바라보고 있던 내 눈에 지난 주에 봤던 그 풍경이 다시 나타났다. 아무리 봐도 그 풍경은 팩트 자체였다. 거기에는 탁자 위에 술병과 안주접시가 있고, 런닝 차림으로 앉아 있는 준의 뒷모습이 보였다. 이 생뚱맞은 상황은 뭐지? 나는 일어서서 마흔 네 살의 여자를 불렀다.

"저기 보이지요? 저 탁자 앞에 앉은 남자." 내가 말했다.

"네, 저 사람. 가끔 저기 앉아 있고, 페루에도 들릅니다." 페루가 말했다.

나는 얼른 계산을 마치고 페루를 나와서

준이 있는 곳으로 내려갔다.

준이 고개를 들어 나를 쳐다보며 요원한 미소를 지었다.

이 장면은 비현실이 아니다. 현실이다. 너무 많은 현실이다. 그는 김수영처럼 난닝구 차림이었지만 비김수영적 아우라 속에 놓여 있었다. 테이블 위에는 저번처럼 소주와 안주 접시가 놓여 있고 벗어놓은 흰 마스크가 비닐 속에 들어 있다. 우리는 각자 코로나19 바이러스 숙주다. 지젝은 금방 출시된 자신의 책에서 고립되는 것이야말로 코로나시대의 연대 형태라고 지젝거렸다. 준이 손을 내밀었다. 파라솔 위로 7월의 빛이 쏟아지는 날이다. 마치 설정된 허구처럼.

"또 보네." 내가 말했다.

"그리 앉으시게." 그리가 말했다.

"날씨 한번 좋다. 살기도 좋고 죽기도 좋은 날씨야." 내가
말했다.

"아버지는 어떠신가?" 아버지가 말했다.

"여드레 만에 퇴원했다. 언어를 상실했고 오른쪽에 편마비
가 왔다. 아침마다 지방신문을 읽으셨는데 그것도 끝이고, 식
사는 코에 꽂은 튜브를 통해서만 한다." 내가 말했다.

"걱정이 많겠군." 걱정이 말했다.

"저번에 우리를 공격했던 여자 혹시 아는 사람이야? 내가
말했다.

"어떤 여자?" 어떤이 말했다.

"너희들 시쓰는 작자들이지. 시가 아니라 육갑이겠지. 누나
라고 부르면 용서해준다고 윽박지르던 여자 말이야." 내가 말
했다.

"모르겠어. 그런 일이 있었나." 모르겠어가 남의 일처럼 대
답했다.

"자네가 누나라고 불렀더니 빙긋 웃었다. 그리고 당신은 울

기 시작했잖아." 내가 말했다.

"다소 연극적이군." 연극이 말했다.

"전혀 생각 안 나는 거야. 모르는 척 하는 거야." 내가 말했다.

"그런 일은 없었던 거지. 내가 보기에 기억이 순간적 오작동을 일으킨 거 같은데." 오작동이 말했다.

"그런가. 그럴 듯 하군. 현실의 오작동일 수 있겠다." 내가 말했다.

"좀 전에 페루에 있었다. 거기서 자네를 보고 내려오는 길이다." 내가 말했다.

"주인남 있던가? 그 친구도 어딘가 허공을 딛고 사는 거 같던데." 허공이 말했다.

"집사람이 가출했다면서 찾으러 갔다네." 내가 말했다.

"누가 그래." 누가 말했다.

"서빙하는 마흔 네 살 먹은 여자가 말해줬다." 내가 말했다.

"집 나갈 만하지." 집이 말했다.

"페루의 가정사에 대해 안다는 뜻인가?" 내가 말했다.

"전혀. 누군들 집에 있고 싶겠어. 제정신이라면 집 나가고 싶은 게 당연하지. 누구 아들, 누구 아버지, 어머니, 누구 아내, 누구 남편으로 엮여서 이런저런 억압 속에서 살게 되잖아. 안 그런가. 상식과 통념과 윤리에 복종하면서 마치 잘 살고 있다는 듯이. 마치 그것이 행복이라는 듯이. 마치 살아있다는 듯이 연기하면서 말이야. 그리고 알아두시게. 페루의 주인남은 비혼주의자야. 집 나간 건 주인남일 거다." 주인남이 말했다.

"최면상태에서 깨어났다는 뜻이군." 내가 말했다.

"책이 나왔다. 읽어줘. 독서료는 페이지 당으로 계산해줄게." 페이지가 말했다.

"독서료는 뭐야?" 내가 말했다.

"말 그대로 책을 읽어주는 비용이지." 비용이 말했다.

"산문집이군." 내가 말했다.

"산문집이 내 속에서 쑥 빠져나간 느낌이 아니라 내가 산문집 속에서 튕겨져 나간 기분이야. 이게 산문집일까? 나도 의심스럽다. 장르 표지는 자전 산문이라 인쇄되었지만 그냥 하는 말이지. 이 책은 이도저도 아니네. 장르 없음이 맞다. 읽는 사람은 불편하겠지. 이건 뭐지? 시도 아니고, 소설도 아니고, 에세이도 아니고, 드라마도 아닌 뒤죽박죽이네. 그렇다네 뒤죽박죽. 내가 나를 설득하는 중이지. 사람들은 익숙하지 않으면 짜증을 내더군. 내 책은 익숙함을 사랑하는 사람들의 평균을 서툰 방식으로 긁어대는 글쓰기지. 단지, 소심하게 상식을 거스르는 정도. 내 글처럼 상식에 충실한 글도 없다. 솔직하게 말하면 내 글은 상식의 하수인이지. 시다바리야." 내가 말했다.

"고분고분한 게 좋아. 아니 새로운 척만 하는 게 먹힌다." 먹히는 게 말했다.

바로 그때 4미터 정도 밖에서 누가 걸어오고 있다. 여자다. 안경을 썼고 흰 마스크로 얼굴 반을 가렸다. 눈에 익은 듯 했다. 나이는 60대 초반. 63세 또는 64세로 보인다. 가까이 다가오더니 우리 앞에 멈춘다. 바다를 보려고 금방 차에서 내린 여행객의 차림새다. 가까이서 보니 그 여자는 구면이다. 우리 앞에 선 여자는 마스크를 조금 내리고 말하기 시작했다.

"당신들 또 만나는군." 당신이 말했다.

"우리를 아시는 분인가요?" 내가 말했다.

"알기만 하겠니. 둘 다 시인이잖아." 시인이 말했다.

"어떻게 아시는데요. 우리를." 준이 말했다.

"알아야 하는 거니. 안 그래. 시나 좀 잘 써." 시가 말했다.

"네, 잘 쓸게요." 준이 말했다.

"잘 쓸게요." 나도 말했다.

"오죽하면 시를 쓰겠니. 시는 패배자들의 장르야." 패배자가 말했다.

"그렇기도 하겠네요." 내가 말했다.

"그대들 아직 김수영, 김종삼 이딴 거 시의 전범으로 삼느냐? 문학사는 기억력이 나쁘다는 걸 기억하여라. 문학사의 치매. 문학사는 정절을 지키지 않는다. 오늘 바다가 좋다. 명작 리스트가 아니라 언제나 그 리스트에서 제외되는 시의 목록을 작성하는 것이 진짜 시인이 할 일이야. 내 말 씹는 거야?" 진짜 시인이 말했다.

"알겠습니다." 내가 말했다.

"알기는 뭘 알겠니." 알기가 말했다.

"같이 인생과 예술에 대해 토론하십시다." 준이 말했다.

"나는 가짜 시인들과 얘기하는 사람이 아니야." 가짜 시인이 말했다.

"우린 진짜 가짭니다." 내가 말했다.

"나는 간다. 나는 이 바닥 사람이 아니거든." 바닥이 말했다.

그리고 63세 또는 64로 보이는 여자는 우리 앞에서 몇 걸음

벗어났다. 그리고 다시 돌아와서 한 마디 첨언했다.

"나는 이 세상 사람이 아니야. 하나 더. 지혜는 없다. 많은 지혜들이 있을 뿐. 아름답고 망상적인." 지혜가 말했다.

"데이비드 실즈. 김명남 옮김.『문학은 어떻게 내 삶을 구했는가』. 책세상. 2014년 초판. 122페이지 끝줄이지요. 그리스어 '에로스'는 '부족' '결핍' '없는 것에 대한 욕망'을 뜻한다. 연인은 자신에게 없는 것을 원한다. 그가 원하는 것을 갖게 되기란 정의상 불가능하다. 왜냐하면 그것을 갖게 되는 순간 그것은 더이상 원하는 것이 아니기 때문이다. 같은 책 75쪽입니다. 책값은 13,000원입니다. 낭독비는 안 받습니다." 준이 또박또박 말했다.

"내가 그대들의 시를 읽고 싶을 날이 올 것이다." 그대들의 시가 말했다.

"잘 가세요." 준이 말했다.

"나를 엄마라고 부르면 다 용서해줄게. 엄마라고 불러봐." 엄마가 말했다.

"엄마." 준이 말했다.

"엄마." 나도 따라 말했다.

준도 나도, 나도 준도 늦여름 호박잎을 적시는 빗줄기처럼 울기 시작했다.

소리 죽인 흐느낌이다. 온몸이 슬픔으로 출렁거린다. 준은 준대로 울고 나는 나대로 각자 흐느꼈다. 며칠 운 것 같다. 여기서 이러시면 안 됩니다. 일어나세요. 누가 어깨를 툭툭 쳐서 올려다보니 횟집 사장이다. 부둣가에 주저앉아서 내가 훌쩍이고 있었던 모양이다. 준이 보이지 않는다. 이 사람 어디 갔어요? 누구요? 여기 같이 있던 남자 말이에요. 또 이러신다. 또라이같이. 내가 창밖으로 지켜보고 있었는데 선생 혼자뿐이었어요. 63세나 64세로 보이는 여자도 못 봤습니까? 잘 모르겠어요. 50세 이하의 여자들은 항구 풍경을 많이 감상하고 갑니다만. 63세나 64세 정도면 항구여행 정년은 지난 거 같은데요. 그런 것도 정년이 있나보군요. 인생의 여백으로부터 조기 퇴직하는 사람도 많아요. 횟집 사장님도 시 쓰시는군요.

나는 일어나서 바닷가로 걸어나왔다.
속은 듯한 이 황당감을 뭐라고 정리해야 할지 모르겠다.
무언가 오작동하고 있는 건 분명하다.
63세나 64세 여자와 준을 만났던 장면들을 깜쪽같이 삭제해주는 횟집 주인마저 오리무중이다. 핸드폰을 열어 시간을 보니 오후 여섯 시가 조금 지났다. 항구에서 두어 시간을 보냈다는 뜻이다. 나는 모래밭에 앉았다. 바위 위에 갈매기 선생님들이 여럿 앉아서 끼룩댄다. 페루에서 본 마흔 네 살 여자의 말이 떠올랐다. 나는 해변에서 일어섰다. 엉덩이에서 모래알이 푸수수 떨어졌다. 파도 선생과 갈매기 선생과 구름 선생을 뒤로 하고 다시 페루로 돌아왔다. 페루에 들어서자 마흔 네 살 정도의 여자는 보이지 않고 주인 남자가 반 키 정도 높은 음정으로 인사를 했다. 나는 다시 항구가 보이는 자리에 가 앉았다.

"여자 분은 어디 가셨나요?" 내가 말했다.

"여자 분이라니요? 일행 있으신가요?" 일행이 말했다.

"아까 여기서 서빙하던 마흔 네 살 정도의 여자분 말입니다." 내가 말했다.

"무슨 말씀인지요. 제가 종일 가게를 지켰는데요." 가게가 말했다.

"그럴 리가요? 한 시간 전에 여기서 아메리카노와 에가체페를 마셨고, 그 여자분은 사장님 사모님이 집을 나가서 찾으러 갔다고 했습니다." 아메리카노가 말했다.

"저는 결혼한 적이 없으니 아내가 없고, 아내가 없으니 아내가 집을 나갈 일이 없잖아요. 예가체페도 그렇습니다. 예가체페는 요 며칠간은 취급하지 못하고 있습니다. 볶은 콩이 다 떨어졌거든요." 볶은 콩이 말했다.

길 건너 항구에 매어 있는 고깃배들이 출렁거리며 서로에게 추근댄다. 조금 전에 내가 준과 앉아 있었다고 짐작되는 공간은 텅 비어 있었다. 있다 없다는 말이 버거워졌다. 그의 얼굴에 살바도르 달리 같은 콧수염이 붙어 있다. 그가 수염을 길렀다는 사실도 새삼스러웠다. 그가 모조 수염을 붙인 게 아닌가 의심되었다. 페루 주인이 커피 주문을 요구했다. 예가체페로 주세요. 무심코 내가 흘린 말이다.

누군가 보고 싶은데 딱히 누군지는 모르겠다.

구글에서 검색되지 않는 외로움이 밀려왔다.

15

새벽 빗소리에 잠이 깼다.

장맛비는 늦은 밤에 시작해 새벽까지 집중적으로 몰려왔다.

이것도 기상 대본에 따른 것이 아닐까.

창을 여니 빗방울이 튀어들어온다. 얼굴이 따끔거린다. 나쁘지 않다. 삶의 알갱들이 느껴진다. 일수거사(一水去土). 한물갔다는 말이 빗소리같이 분명해진다. 창문을 삐끔하게 닫는다. 이가 맞지 않는 사이로 빗소리가 들어오고 미량의 바람도 들어오게 둔다. 일주일 전이 오래 전 같다. 시간과 시간 사이의 간격이 아득하다. 항구에서 만났던 전직 교수이자 시인인 준, 63세나 64로 보이는 여자, 횟집 주인, 페루에서 예가체페를 주문받던 마흔 네 살 된 여자, 살바도르 달리의 콧수염을 달고 있던 페루의 주인남이 새벽녘 빗소리 틈에서 오락가락하며 의식 속에서 몽환처럼 뭉개진다. 책상에 앉는다. 명상하는 자세다. 다소간의 우울감이 몸에 남아서 덜 깬 잠처럼 칭얼댄다. 자장자장. 어제는 아무 일도 손에 잡히지 않아서 아무 일도 하지 않았다. 일수에게 일은 시간을 잡아먹는 일이다. 책을 읽고 글을 쓰고 생각하는 게 일이다. 이렇게 쓰고 보니 엄청난 듯 하지만 한 겹 벗겨내면 내용 없는 쓸쓸함이다. 무슨 책을 읽지? 그건 좀 난감하고 견적이 복잡하다. 어떤 글을 쓰지? 이건 확실하다. 쓰고 있음이 나의 알리바이다. 무엇을 쓸 것인가 생각하고, 생각을 가다듬고, 계획하는 것이 아니라 일단 자판을 두드리고 있을 때 나는 안심된다. 피아니스트가 피아노 앞에서 건반을 두드릴 때의 심사가 이러하지 않을까 싶다. 쓴다는 것은 숭고하다. 무엇을 썼느냐. 잘 썼느냐. 독자를 충족시켰느냐. 팔렸느냐. 이런 문제는 쓰는 자의 욕망 바깥에 있다. 자판을 두드리고 있는 순간만이 글쓰기의 과정이자 정점일 것이다. 다른 것은 자판 밖의 일이다.

"모든 예술의 가장 큰 적은 '반복'이다. 좋은 텍스트 하나로 족하다. 예술가들은 '고갈된 형식'의 사막에서 새로운 형식을 끊임없이 찾아낸다. 훌륭한 예술작품들은 이러한 '분투'의 긴장감으로 팽팽하다. 이곳저곳 기웃거리며 문단을 무슨 고급 사교장 정도로 생각하는 '살롱 작가'들에게 예술은 없다. 예술은 골방에서 밤새워 책과 씨름하고, 앞 세대의 전통과 마주치며, 그것과의 고독하고도 치열한 싸움을 하는 자들에게만 주어진다." 오민석 교수가 자신의 페이스북에 연재하고 있는 '먹실골 일기 79'에서 무단복사했다. 이거 도둑질 아닌가. 나는 무단이 전공이군. 이웃집 담 너머로 넘어온 손잡이 감을 슬쩍 따먹는 기분이다. 잠시 독백한다. 모든 예술의 가장 오래된 친구는 반복이다. 반복에 밑줄을 긋는다. 좀 다르게 반복하면 괜찮은 시인이 될 것이고, 적당히 반복하면 문학평론가나 문학기자들이 호응한다. 생판 다르게 반복하면 독자들의 분노를 산다. 한국문학의 상호텍스트성은 상호표절텍스트성에 걸려 있다. 한물가고 나면 이런 게 보인다. 늦은 각성의 아픔은 그러나 사랑스럽다. 다시 앞으로 몇 문장 돌아가 보자. 모든 예술의 가장 다정한 동지는 반복이다. 다른 반복, 낯선 반복, 반복을 엿먹이는 반복. 나는 이 문장에 조용히 삼배한다.

나는 안 써도 될 시를 쓰고 있다. 그게 나다. 쓸데없는 생각만 골라서 쓴다. 그게 나다. 썼던 시 다시 쓴다. 그게 나다. 나의 시다. 이런 글은 생명이 없다. 생명력이라고 쓰려다가 생명이라고만 썼다. 반복되는 반복스런 반복다운 반복 같은 삶이 여기 내 앞에 있다. 나의 시는 반복을 통해 시의 극단을 지나가고 싶다. 반복은 반복되지 않더라. 어제 같은 어제는 없다.

15-1

길건너 상가 횟집

죽변항에 가면 어둑한 실내에

전생의 푸른 바다 넘실거린다

68년쯤 헛살았을 거 같은 남자도 보인다

등단 68년차 시인이다

죽변보다 더 진짜 같은 노원구 중계동의 죽변항

누가 보냈을지도 모르는 자객을 경계하며

술잔을 들어보자

세상의 잡소리가 맑아진다

16

비가 왔지만 그럼에도 불구하고

나는 아침 산책을 나섰다. 아무도 배웅하는

눈길은 없다. 1층 현관을 나서는데 나를 알아보는 사람도
없고,

그러니 아는 체 하는 주민도 없다. 경비는 그래도 아는 체
한다. 그런 경비적 태도가 안심이 된다. 아무도 알아주지 않는
이 적막, 이 고독, 이 차분함, 이 안도감을 쓸어내린다. 그 사이
로 7월 장맛비 몇 점. 나는 일거리 없는 사립탐정처럼 금방 나
온 아파트를 한번 관망하고 산책길에 오른다. 긴 장도다. 반복
되는 산책 코스지만 그때그때 걸음길이 조금씩 달라서 똑같
은 길은 다시 갈 수 없다. 다르면서도 똑같게 다가오는 길이다.
매일 살면서 살아있다는 체감을 하지 못하는 것과 비슷하다.
사람들은 우산과 마스크를 쓰고 총총히 걸어간다. 저 사람들
은 어디로 가는 걸까. 볼일은 무엇일까. 싱거운 생각은 싱거울

수록 좋다. 어디로 가든 볼일이 무엇이든 그건 내 문제가 아니다. 각자도생의 문제다. 서로 다르지만 크게 다르지 않고, 크게 다르지만 또 그게그거인 삶을 밀어내느라 수고가 많다. 등 뒤에서 차소리가 났다. 좁은 골목길로 마을버스가 들어왔다. 1번 버스다. 1번 버스면 간선도로를 달려야 맞다고 생각하는데 자존심 접고 비좁은 동네 골목을 이리저리 뒤지고 다닌다. 마을버스라는 명칭에 부합하는 운행이다. 모든 말에 마을이 붙으면 말이 다정해져서 좋다. 마을버스가 그렇고, 마을남자, 마을사람, 마을회관, 마을친구, 마을예술, 마을음악, 마을문학, 마을철학, 마을혁명. 이 모두가 말의 환영이다. 환영한다. 말 저 너머에서 웃고 있는 68세 남자. 자신이 죽은 줄 모르고 살아있는 남자. 나는 걷는다. 마을공터에 배롱나무가 꽃을 내밀고 있다. 배롱꽃은 붉다고 믿어왔는데 흰꽃이 나의 편견을 조롱한다.

*

이발소 앞을 지나간다.

이발소 문이 열려 있고 안에 사람 그림자가 어른거린다.

들어가 볼까. 머리 깎을 것도 아니면서

아침부터 남의 업소를 방문하면 재수 없다고 하겠지. 그냥 지나간다. 이발소 옆집 담벼락에서 방금 능소화 한 구절이 흘러나왔다. 옅은 아침바람에 콧노래처럼 흔들거린다. 페루의 주인남이 달고 있던 살바도르 달리의 수염이 생각나서 웃음이 났다. 하필 그런 코믹한 수염이었을까. 수염남의 세계관이 궁금해진다. 어느 날 그는 빨간 바지를 입고 있지 않을까 추리된다. 빨간 바지가 어때서? 오늘 따라 산책시간이 많이 걸렸다. 조금 더, 조금만 더 가보자. 그러다 망하기도 한다. 갈 데까지 가보는 자에게 축복. 문학상을 타고 싶으면 끝까지 가면 곤란할 수도 있다. 심사위원들이 동의할 수 있는 속도만 유지해야 한다. 그러나 문단권 밖의 시인이라면 시의 가속기를 끝까지 밟아도 상관없다. 문학상 수상자들의 면면을 살펴보면 문학상의 메뉴얼이 밝혀진다. 그들은 시의 가속력과 무관하다. 일단 문학상 시상식에 잘 참석해야 한다. 비공식적으로 공인된 문학상 수상 비법이다. 그렇게 말한 사람이 웃었고 나는 웃지 않았다. 문학상금에 관심이 있는 시인이 이 매뉴얼을 간과하면 행운은 그를 비켜갈 것이다. 예외는 없다. 오늘은 시청역에 나가 보려는 생각이 왔다. 거기서 시집 행상을 열어볼 생각이다.

가방에 담은 시집은 일곱 권이다.

이것만 다 팔아도 오늘 저녁값은 충분하다.

『본의 아니게』,『저기 한 사람』,『헌정』,『아무것도 아닌 남자』,『여긴 어딥니까?』,『동문서답』,『나는 당신이 알고 있는 그 누구도 아니다』. 모두 시집이다. 전철에서 생각을 바꾸어 광화문 지하도를 오늘의 영업장소로 수정했다. 특별한 이유는 없다. 오늘의 일진이 그쪽으로 움직인다는 생각이다. 느낌적 느낌! 교보문고로 이어지는 지하도는 영업하기 괜찮은 장소다. 지상의 빛과 지하의 어둠이 적절하게 만나는 지점에 자리를 잡고 오늘의 물건을 펼쳐놓았다. 저자 직판, 저자 사인해 줍니다가 인쇄된 A4 용지를 바닥에 붙여놓았다. 이것은 현실이자 상징이다. 나는 아무렇지 않은 표정으로 책 앞에 앉았다. 눌러쓴 모자와 마스크 때문에 나의 초상은 발각되지 않는다. 발각이라는 단어는 부적절하지만 나는 그렇게 쓰고 싶다. 서울은 익명성을 보장해준다. 지나가는 사람들은 많지만 내 쪽의 영업을 거들떠보는 사람은 없다. 그렇게 약속된 군중 같다. 최근에 인쇄한 시집『나는 당신이 알고 있는 그 누구도 아니다』를 집어 들고 아무 페이지나 펼쳐서 읽는다. 읽는 척 한다. 한 편의 시는 여러 얼굴을 갖는다. 착상 단계와 자판을 거쳐 컴퓨터 화면에 올라왔을 때와 초고 단계, 완성본 시집 단계 등에 따라 시는 느낌이 다르다. 단계마다 텍스트는 다른 얼굴을 한다. 시집 속에 들어 있는 시는 화장을 마치고 의상을 다 갖추어 입은 모습이다. 시의 풋풋한 느낌은 없어졌다. 시집은 시가 가졌던 당초의 이데아를 낯선 물질성으로 가공해버린다. 시집 속의 시들이 낯설어 보이는 이유다. 내가 썼지만 내가 주인이라는 카피라이터가 상실되는 순간이기도 하다. 굿바이. 나는 지하도에 앉아서 내 시들에게 늦은 작별을 고한다. 시는 각각의 팔자에 따라 흩어져갈 것이다. 그때 옆자리에 누가 앉는 기척.

*

"반갑소이다." 차이였다.

그는 희미하게 웃었다.

그의 미소에는 옅은 우정의 흔적 같은 게 보였다.

"좀 팔았소이까?" 좀이 말했다. "아직 개시 전이오." 내가 말했다. "오늘은 내가 개시해드릴까. 이 책은 내가 소장하겠소이다." 차이가 『나는 당신이 알고 있는 그 누구도 아니다』를 손에 집어 들었다. "제목 좋소." 제목이 말했다. "내 말은 아니라오." 내가 말했다. "누구 말이랍니까?" 누가 말했다. "로버트 앨런 지머맨." 내가 말했다. "듣보잡이군요." 듣보가 말했다." "밥 딜런의 본명이지요." 내가 말했다. "지머맨과 밥 딜런은 아는 사일까요?" 밥 딜런이 말했다. "그럴 리가?" 내가 말했다. "오늘은 조금 앉았다 나는 먼저 일어나야 하오." 하오가 말했다. "바쁘시군여." 내가 말했다. "이렇게 거리에 나앉아 있으면 세상 전체가 관(觀)해지는 상쾌함을 느끼오. 명상도 참선도 뭣도 아니라오. 그냥 나앉은 생느낌이오. 사람들, 세상, 소진된 관계, 과거, 현재, 상실감, 스승, 덜 갚은 빚, 제자 같은 제자, 상처, 미련 등이 비 온 뒤끝처럼 선명하고 분명해지지요. 해결이나 해소는 없소. 단지 그렇다는 것인데 그때마다 트랜스를 경험하곤 하지요. 그 맛이라오. 선생도 왠지 그런 부류 같은데. 잘못 봤나요?" 트랜스가 말했다. "나는 아니오." 내가 말했다. "노숙자 같지는 않으시고." 노숙자가 말했다. "거의 그렇지여." 내가 말했다. "노숙도 일종의 트랜스지요. 사회학적으로야 최빈층 거지에 불과하지만 그들은 주체적으로 자기 세계를 구성하고 있거든요." 구성이 말했다. "구성한다기보다 구성되는 거겠지여." 내가 말했다. "구성되는 건 그들의 문제가 아니지요. 그들은 극적으로 거리에 나앉으면서 자신만의 트랜스를 구성한다고 봐여. 나처럼 말이오." 극적이 말했다. "쾌감인가여?" 내가 말했다. "그럼여. 참을 수 없는 쾌감일 겁니다." 참을 수 없는 쾌감이 단정적으로 말했다. "이해할 수도 있을 듯싶다. 차라리 복수가 아닐까. 삶에서 맛본 성공과 실패, 좌절과 온갖 세상적 희열을 단 한 방으로 뒤집어버리는 반전. 그거라면 대단한 엑스타시라고 생각하겠소." 내가 말했다. "갑자기 슬퍼지는군여." 슬픔이 말했다. "상스럽구만." 내가 말했다. "어느 날 나는 흐린 주점에 혼자 앉아 있을 것이다. 완전히 늙어서 편안해진 가죽부대를 걸치고 등 뒤로 시끄러운 잡담을 담담하게 들어주면서 먼 눈으로 술잔의 수위만을 아깝게 바라볼 것이다" 주점이 말했다. "문제는 그런 아름다운 폐인을 내 자신이 견딜 수 있는가, 이리라" 이어서 내가 말했다. "황지우의 시를 읽으니 한때 이 땅에 시가 있었던 듯 하외다. 일종의 스캔들이겠지요." 스캔들이 말했다. "기댈 곳이 없어요." 내가 말했다. "나처럼 허공에 기대세요. 조용필의 허공도 잠깐 기대기는 괜찮습디다. 노래가 끝날 때까지는요." 허공은 그렇게 말하고 광화문 지하도에서 나의 픽션 바깥으로 빠져나갔다. 언제 다시 내가 쓰는 소설 속으로 들어올 것이냐고 물으려다가 생략했다. 차이는 이미 사라졌다.

*

　나는 혼자 남아서 영업을 계속했다.

　행인들은 많았지만 그들은 다만 지나갈 뿐이었다.

　어쩌면 팔릴지도 모르는 시집을 바라보며 나는 웃음을 참
는다.

　지금 내가 하는 일은 현실이자 퍼포먼스다. 엄연한 현실이
면서 힘없는 상징을 껴안고 있다. 상징이 현실을 손잡고 있는
지점이다. 한 술 더 뜨자면 시란 무엇인가. 이거야 말로 상스
러운 짓이다. 팽팽한 자아의 현을 고르는 일이던가. 모르겠다.
내가 안다고 믿었던 개념들이 무엇인지 이제는 모르겠다. 시
는 이제 내게 속하지 않는다. 안다 모른다의 경계선을 지워버
린다. 모른다는 것이 오늘 나의 지하도 화두다. 차이를 더 붙
들어둘 걸 하는 아쉬움이 밀려왔다. 그가 버리고 간 빈자리를
돌아봤다. 그의 헛소리가 맞는 헛소리인지도 모른다. 불가피
하게 구성하는 자기 세계. 길거리에 나앉아봐야 보이는 세계
가 있을 것이다. 상상력으로 해결되는 문제는 아니다. 내 시집
을 내 손으로 영업해보는 것만큼 분명해지는 일은 없을지도

모른다. 내가 나에게 들이대는 현실적 알리바이다. 살아봐야 아는 세계가 있고 죽어봐야 열리는 세계가 있을라나. 누구는 문학관에 입관되었거나, 절망했거나 죽었거나 어용 필경사로 변질되었으니 이제 물어갈 선배도 동료도 바이없다. 후생(後生)은 가외(加外)다. 늙은 시인들은 되바라진 젊은 시인한테 가서 재교육받아야 한다. 차이가 씹어뱉듯이 떠들어댄 말이다. 차이의 말이 목전에서 지하도 경사를 굴러내려가고 있다.

*

갭투자 요령 같은 책은 없어요?

사회복무요원으로 제대했을 것 같은 청년이 물었다.

시적인 질문이다.

현실성 있고 당돌하고 되바라져서 시를 능가한다. 오늘은 시적인 고객들이 많다. UFO 관련 책을 찾는 이도 있고, 인터넷 댓글 잘 쓰는 방법에 관한 책을 찾는 고삐리도 있다. 고삐리가 고등학생이면 중학생은 중삐리, 초등학생은 초삐리라 해야 옳겠는데 대중들은 이런 규칙성을 좋아하지 않는가 보다. 시를 찾는 행인은 없었다. 시 잘 쓰는 책을 묻는 이는 있었다. 잘 시 쓰는 책은 있다고 했더니 고개만 까딱하고 지나갔다.

이래저래 오늘도 한 권 팔고 접어야 할 모양이다. 그러고 보니 차이가 책값을 주지 않고 갔다. 그때 윤이 나는 검정 여자 구두가 내 눈에 들어왔다. 나는 구두에서부터 다리를 거친 뒤 보수적인 가슴을 지나서 한 여자의 얼굴과 마주쳤다. 63세나 64로 보이는 여자였다. 사천항에서 보았던 그 여자다. 어떻게 여기까지. 의상이나 표정은 그때와 다르지 않았는데 오늘은 63세나 64에 어울리는 품격 같은 것이 흘렀다. 그 나잇대는 산전수전의 경험과 적당한 포기와 관용이 수구적인 표정을 만든다. 사천항의 불안하고 엉뚱한 얼굴은 간데없다. 10분 전에 광화문 근처 아파트 엘리베이터에서 내린 표정이다. 15분 정도가 더 근사치에 가깝겠다. 아는 체를 할려고 내가 몸근육의 어딘가를 움직이려는데 그럴 것까지는 없다는 듯 검은 구두의 주인은 생소한 표정을 보여주었다. 그래서 나의 수인사는 저지된다.

"저자 직판이면 이 시집의 저자가 바로 선생님이라는 말입니까?" 저자가 말했다.

"네. 사실과 다르지 않습니다." 내가 말했다.

"대형 서점 앞에서 시집 소매를 하신다. 흥미롭네여." 흥미가 말했다.

"맨손체조 같은 마케팅입니다." 내가 말했다.

"방안에서 혼자 해야 할 체조를 광장에 나와 하는군요." 체조가 말했다.

"전에 뵌 듯 한데요." 내가 말했다.

"시를 누가 읽나여?" 시가 말했다.

"읽는 사람도 있다고 들었습니다." 내가 말했다.

"읽고 싶은데 읽을 만한 시가 없더라구요. 선생님이라면 요리학원 몇 개월 수강하고 개업한 식당에 가서 음식을 주문하고 싶으실라나. 학교 다닐 때 내 남친은 강의를 거의 들어오지 않았어여. 날라리죠. 하루는 도서관 앞에서 담당교수와 마주쳤대요. 교수가 젊잖게 말했겠지여. 강의 좀 들어와라. 남친이 대답했대여. 교수님 강의 좀 잘하세여. 그러면 수업 들어갈게여. 지금 내가 선생님 시 잘 쓰라고 하는 말은 아니에여. 그렇다는 말이지여. 한국시 너무 재미없다고 말하고 싶네여." 한국시가 말했다.

"내가 대답할 주제는 아닌 거 같습니다." 내가 말했다.

"너무 쉬워요. 너무 뻔해요. 너무 징징거려요. 너무 그게 그거 같잖아요. 서로 베껴대면서 아닌 척 새로운 척. 그걸 가격

표를 붙여서 시장에 내놓는 건 좀 그렇지여? 문화도 아니고 예술도 아니고 뭐죠?"예술이 말했다.

"중상이지요."내가 말했다.

"수치스럽지 않으세요?"수치가 말했다.

"수치는 수치로 환산되지 않거든요."내가 말했다.

"골방에서 자판을 애무하는 시대는 끝났어요."애무가 말했다.

"각자의 배역을 연기할 뿐이지요."내가 말했다.

"접으세요."접으세요가 말했다.

"제 시를 읽으면 불안 초조 긴장감이 개선될 겁니다."내가 말했다.

"만병통치군요."통치가 말했다.

"가정에 건강과 평화가 깃들었다는 사람도 있습니다."내가 말했다.

"약 파세여?"약이 말했다.

"약도 되고 독도 되겠습니다. 내가 말했다.

"이 시집들 전부 제가 살게요. 나도 갑자기 행복하고 싶어여. 얼마죠?"행복이 말했다.

"적당히 주세요. 만원요."내가 말했다.

"여기요. 잔돈이 없거든요. 그냥 받으시고. 뭐, 책 담을 봉투 같은 거 있나요?" 봉투가 말했다.

"봉투는 없는데요." 내가 말했다.

"그럼 그냥 들고 갈게요." 그럼이 말했다.

그리고 그 63세 혹은 64로 보이는 여자는 내 가게를 벗어나 시네큐브 방향 출구로 걸어가다가 다시 돌아왔다. "참, 잊을 뻔 했네. 시인 김소월을 아시지여?" 김소월이 말했다. "네." 내가 말했다. "소월시인이 선생님 만나면 전해달라고 부탁했어여. 이번에 신간 시집을 냈더라구여. 『나는 세상 모르고 살았노라』. 자, 받으세여." 신간이 말했다. "고맙습니다. 라떼라도 한 잔 대접하고 싶은데요." 내가 말했다. "저는 아메리카노만 마셔여. 참고로 저는 이 바닥 사람이 아니거든여. 굿바이." 굿바이는 그렇게 말하고 퇴장했다.

17

전화가 왔다. 준이다. 목소리는 맑고 공연히 투명하다.

"축하해." 준의 오프닝 멘트다. 무슨 말이야.

그가 싱거운 구석이 없는 것은 아니지만 축하는 짐작이 가지 않는 말이다.

"자네 산문집이 읽지 않아도 될 책 50종에 선정되었더라구. 골목서점연합에서 선정했다는구만." 준이 정색한 목소리로 말했다. "고마워." 나는 사이를 두지 않고 즉답했다. "오늘 볼까?" 오늘이 던지듯이 말했다. "어제 잔무를 마치고 서울 왔다." 준이 말했다. "그대에게 잔무가 있다니." 내가 말했다. "내게 잔무는 남은 일이 아니라 남은 일이 없다는 확인이다." 준이 말했다. "충무로쯤에서 봐." 내가 말했다.

우리는 충무로 대한극장에 붙어 있는 스타벅스 2층에서 만났다.

준과 나는 거기서 몇 번 만난 적이 있다. 먼저 와 있던 준이 손을 들어서 위치를 확인시켜 줬다. 좀 특별한 제스처다. 내가 아는 그는 그런 배려가 없는 위인이다. 찾아오겠지. 지가 알아서 하겠지. 그게 나와 무슨 상관이냐. 그런 세계관의 실현자다. 잔정이 없거나 너무 많은 게 그의 삶을 닝닝한 것으로 흘러가게 만들기도 한다. 계산을 마치고 준이 커피 두 잔을 쟁반에 받쳐 들고 왔다. 준이 커피를 들고 오는 모습은 카페의 풍경과 부조화를 만들어낸다. 노인 일자리 창출 프로젝트에 기용되어서 첫날 출근한 알바 노인 같은 코스프레였다. 옆자리에서 대화를 나누고 있는 복학생 같은 한남과 대학원 진학을 고민하는 듯한 젊은 여자는 일용직 배역처럼 느껴진다. 나는 가끔 그들을 힐끔거리는 노인남자의 배역이 주어졌다. 인생이 연극 같다는 비유는 비유가 아니다. 인생은 그냥 연극이다. 연극일 뿐이다. 연극을 너무 현실로 오해하고 심취하는 게 문제라면 문제다. 내 보기에 사람들은 청룡영화상 연기상 후보자일 수밖에 없다. 수레에 박스를 가득 싣고 가서 2천원 받는 연기, 전철에서 몰카 찍는 신사 연기, 자신은 마스크 벗고 마스크 쓰라고 강조하는 장관 연기, 피해 호소인 연기, 극단하는 연기, 시인 연기, 독서가 연기 등 모두 이 시대의 조연상 감이다. 오늘은 준과 내가 충무로의 커피집에서 대화를 나누는 것으로 설정된 대본을 연기해야 한다. 이 대본은 누가 쓰는 거지? 이렇게 물으면서 나는 내가 모르는 나를 연기하고 있다.

"강릉에서 언제 왔어?" 내가 말했다.

"어제. 일없이 하루 더 개졌다." 준이 덤덤하게 말했다.

"비가 많이 왔다. 아무도 만나지 않았다. 점심은 선교장 앞에서 순두부 먹었다. 식당 밖에 고양이 두 마리가 식당 안으로 들어오려고 문을 긁었다. 쟤들 밥 달라고 저러는 거예요. 사료에 캔을 섞어주는데 캔 없으면 안 먹어요. 얻어먹는 주제에. 주인녀가 묻지 않은 말을 했다. 쫓아버리지요. 내가 말했다. 불쌍하잖아요. 맨날 밥 줘도 곁을 주지 않아요. 주인녀가 웃으며 말했다. 은혜를 모르는 놈들이군요. 내가 말했다. 고양이의 자존심이라네요. 주인녀가 말했다. 주인녀와의 대화는 거기까지다." 준이 연극적으로 말했다. 대화 문장 속의 나는 준이 자신을 지시하는 대명사다.

"얻어먹는 주제라는 말이 살아 있다." 내가 말했다.

"오늘 영화나 볼까 했는데 틀렸다." 준이 스타벅스 안을 휘둘러보며 말했다. 카페는 시골 결혼식 피로연장 비슷한 분위기였다. 드레스 입은 신부와 오늘 그의 법률적인 남편이 된 신랑이 들어와 테이블을 돌며 인사를 하면 어울릴 만하다.

"오늘 영화는 알렉산드르 룽긴 감독의 「위대한 시다」. 시수업을 들으면서 은행을 터는 두 사람에 관한 이야기라는데 오늘이 아니라네. 날짜를 잘못 본 거지." 준이 말했다.

"본 걸로 치면 되겠군." 내가 말했다.

"홍상수 영화를 제대로 얘기하는 문학인을 보지 못했다." 준이 커피를 삼키며 말했다.

"또 그 얘긴가. 기승전 홍상수라는 말이지." 내가 이죽거려주었다.

"자네마저 그렇게 말해주시니 고맙기 짝이 없구만." 준이 이어서 이죽거렸다.

"좋은 건 좋은 거구. 뭐 그런 거지. 줄창 홍상수야 홍상수." 내가 말했다.

"엎드려 자판만 두드려댄다고 시인은 아니라는 말씀을 좀 먼 거리에서 한 것 뿐이네." 준이 말했다.

"그대는 냉소주의자." 내가 말했다.

"냉소를 부정적으로 보는 축들도 있더군. 나는 언제나 그런 축들을 냉소한다네." 준이 말했다.

"한국 시단의 아마추어리즘을 공격하고 있다는 거 모를 줄 아는가." 내가 말했다.

"저렴한 딜레탕티즘." 준이 숨을 길게 내쉬면서 말했다.

"詩들하지?" 내가 말했다.

"이루 말할 수 없이 詩들하다." 준이 말했다.

"시 그만 쓸 때가 되었다는 신호야." 내가 단정했다.

"한 권만 내고 폐업할 거다." 준이 장엄하게 말했다.

"한국 영화판에 떠도는 3대 거짓말이 생각나는군. 박찬욱이 이번 영화는 대중성이 있다는 말, 이창동이 시나리오 다 썼다는 말, 홍상수가 좀 쉬어야겠다고 하는 말이 그것이다." 내가 말했다.

"내가 지금 거짓말을 한다고?" 준이 말했다.

"한 권 뒤에 또 한 권이 칭얼대겠지." 내가 말했다.

"시 쓰기의 욕망은 꼭 부스럼 같은 거지. 긁지 않을 수 없는." 준이 말했다.

"기우제식 시쓰기를 마감하겠다는 거군. 기우제를 지내서 비가 오는 게 아니라 비가 올 때까지 기우제를 지낸다는 거지. 시의 끝이 보일 때까지 쓰겠다는 태도를 나는 기우제식

시쓰기라고 부른다. 시를 향한 가학성이기도 하겠지." 내가
말했다.

"그런가? 그렇군! 시를 향한 가학성도 말이 되지만 내 입장
에서는 시로부터 받아들이는 피학성도 만만하지 않다. 앞으
로 한 권만 인쇄하고 말아야지 하고 한 권 내고 나면 꼭 그 만
큼의 한 권이 기다렸다는 듯이 또 남는다. 다 가고 난 뒤에 남
는 길이 오직 내 시가 아닐까. 좋은 시라는 자기 환상의 커튼
을 다 찢어버릴 때까지 써야겠지." 준이 차분하게, 낮은 열정
으로, 또박또박 말했다. 준으로서는 예외적인 모습이다. 말을
마치면서 준은 잊어버리고 우한 폐렴 마스크를 쓰지 않고 전
철에 오른 사람처럼 어색한 당황감을 추스른다.

"시 쓰고 있군." 내가 말했다.

"시집 제목과 시집의 컨셉이 조율되었다. 시집은 『니가 나한
테 이러면 안 되지』." 준이 말하면서 나를 먼 눈으로 건너다보
았다. 약간의 비장감과 희극 같은 물결이 반반씩 섞인 얼굴이
다. 그래서 믿을 수도 안 믿을 수도 없게 만든다.

"너무 가볍지 않아. SNS식 발상법 같기도 하고." 내가 말
했다.

"문창과 합평시간이 아니라네. 아무래도 좋다는 말씀." 준

이 말했다.

"아버지는 좀 어떠신가?" 내가 물었다.

"요양원의 비정규직으로 근무 중." 웃으며 준이 말했다.

"항구에서 만났던 63세에서 64쯤 되는 그 여자 만났다. 광화문에서." 내가 말했다.

"이번엔 뭐라고 그러던가? 누나라고 부르라고 했잖아, 저번에." 준이 말했다.

"김소월의 신작 시집을 주고 갔어. 소월이 전해 달랬다나 어쨌다나." 내가 말했다.

"여성복 쇼핑몰을 운영한다는 말도 했다. 문지 시인선 200번대 독자층으로 보였어." 준이 말했다.

"여성복이 이성복으로 들리는군." 내가 억양 없는 문체로 말했다.

준과 나는 스벅을 나와 친구처럼 청계천을 오래 걸었다.

오후로 기울어지는 시간이다. 세 시에서 네 시 사이. 천천히 우리는 천변풍경에 몸을 들이밀면서 광교 쪽으로 걸었다. 이렇다 할 대화는 생략했다. 물소리가 신박했던 날이다. 부동산 얘기를 하지 않은 것이 다행인지 비다행인지 누가 알겠는가.

18

헤어지면서 지하철 입구에서

준이 했던 말이 머릿속을 헤엄쳐 다닌다.

봐 봐, 현실은 라이브로 출렁거리는데 문학은

고작 잿빛으로 빚어진 문자 녹화야. 비유니 이미지니 상상력이니 그런 거 따분하잖아. 개종당하면서 견디는 거지. 다만 문학에서 구하소서. 영화 제목을 흉내내서 한 말이다. 준은 옆사람에게도 들릴 정도의 큰소리로 웃었다. 나는 준보다는 작은 소리로 웃었다. 나는 준의 말을 반복해 중얼거리면서 돌아왔다. 다만 문학에서 구하소서. 전철 옆좌석에 앉았던 남노인이 부인으로 보이는 여노인에게 말했다. 당신은 왜 말귀를 못 알아들어. 엉. 그때 전철이 크게 요동쳤다.

수유역을 지나갈 때쯤이었다.

나는 빈 입을 다시고 침을 꼴딱 삼켰다.

19

언어와의 작별. 장 뤽 고다르. 오늘의 메모다.

엄마가 섬그늘에 굴 따러 갔다. 엄마를 기다리는 중복날 아침이다.

어디선가 대기하고 있다가 내가 눈을 뜨기를 기다려서

내 앞에 와 나를 쳐다보고 있는 생각들이다. 눈만 깜빡거리고 있는 생각들. 내가 아는 체 하지 않으면 거품처럼 사라지겠지. 어제는 시흥에 다녀왔다. 두 번 환승하면서 두 시간 반 전철 타고 벌판 같은 시흥 땅에 가서 정지용의 시 「황마차(幌馬車)」, 「슬픈 기차」, 「발열」을 읽고 왔다. 1927년에 발표된 시들이다. 시는 분석과 설명으로 해소되는 건 아니다. 세미나가 끝나고 서해선 신천역에 내려 삼미시장 안에 있는 식당에서 저녁을 먹었다. 배추 찢어 넣은 밀가루전, 오징어전, 닭똥집, 비빔국수 등의 안주와 소주 두 병을 마셨다. 세미나 발제자는 정지용의 초기시가 카프의 기관지인 ≪조선지광≫에 실린 일이 잘 납득되지 않는다고 했다. 정지용이 박팔양과 친한 것을 이유로 꼽았지만 의문은 해소되지 않았다. 시 속의 어떤 문장은 끝내 해석이 불가했다. 93년 전에 발표된 시를 박사급 후학 몇이 해석에 실패하는 시간이었다. 이해가 아니라 이해에 도달하지 못하는 실패의 과정은 즐거웠다. 해석하고 분석해도 남는 잔여. 그게 시의 진정한 축복일지도. 박팔양은 월북하여 사상 검증을 거치면서 오래 살았고, 정지용은 납북되었다. 박팔양이 〈구인회〉 멤버로 잠시 가담했다는 것도 새삼스러웠다. 한국문학의 스토리텔링은 1930년대와 해방공간에 고스란히 집중된다. 정지용의 본명은 정지룡(鄭池龍). 1987년 한 계간지 편집장으로 있을 때 구파발에 살던 정지용의 장남 구관 씨를 만난 적이 있다. 아들은 아버지의 복권을 위해 동분서주하는 중이었고, 1988년 납·월북문인 해금조치가 내려졌다. 삶은 온통 미스테리다. 정액의 총량이 있듯 한 시인이 평생 쓸 수 있는 시의 총량이 있을 것이라고 말하던 전직 교수 준의 말이 금방 지나갔다. 시인은 믿지만 시는 믿지 않는다는 작심을 재확인한다. 다시 시흥 세미나에 가게 될지 어떨지 모르겠다. 황마차를 타고 일본 교토에 가서 가모가와(鴨川) 천변을 걷다가 온 듯한 열없음이 몸에 서늘하다. 시흥에서 떠나 밤 열한 시 넘어 상계역을 빠져나왔다. 오늘은 일주일 만에 라디오에서 재즈가 나오는 날이다. 토요일은 밤이 좋아. 창문에서 7월의 빗방울들이 야단스럽다. 일종의 슬픔, 일말의 기쁨, 일단의 홍분된 차분함이 내 촌스런 무의식을 달래주겠지.

20

소설가 오정희 씨가 서울 나들이를 위해 춘천 역사에
들어서면 어떻게 알았는지 금테 모자를 눌러쓴 귀밑머리
희끗한 역장이 다가와 이렇게 인사한다고 합니다.
"오 선생님, 춘천을 너무 오래 비워두시면 안 됩니다."
그리고 측백나무 울타리 가에서 서울행 열차의 꽁무니가
안 보일 때까지 배웅한다고 합니다.
아, 나도 그런 춘천에 가 한번 살아봤으면!

56세 여자가 이시영의 「춘천」을 읽었다.
다 읽고 나서 자기도 춘천에 살아봤다고 말했다.
남편이 도청 공무원이었는데
지금은 퇴직하고 고향에 돌아와서
옥수수농사를 짓는다고 말했다.
56세 여자가 말하고 있는 동안 도서관 창밖으로 비가 뿌린다.

그녀가 읽은 시에 대해 나는 설명하지 않았다.

소설가 오정희 씨가 춘천에 사는가요?

누가 물었다. 누구에게 묻는지 방향이 애매한 질문이다.

아무도 거기에 반응하지 않았다.

춘천엔 소설가 이외수가 살지 않나요?

유일한 남자 61세가 유일하게 역질문을 했다.

잘 모르겠습니다.

최종적으로 내가 말했다. 도서관 수업은 12명이 신청했는데
도서관 2층 행복실에 출석한 사람은 4명이다. 전직 공무원
남자 61세. 52세 여자. 50세 여자. 60세 여자. 나는 수업의
도입부에서 몇 가지를 강조했다. 나는 여러분에게 가르칠 게
없다는 것을 가르치게 될 것이다. 여러분은 나에게서 배울 게
1도 없다는 것을 배우게 될 것이다. 그러면 나도 여러분도
성공적이다. 말씀드렸다시피 수업 듣고 도서관 계단을
내려가면서 '괜히 왔다가는군. 집에서 커피나 마실 걸.' 하는
생각이 들었다면 나에게 감사할 일이다.

인디 영화의 대명사로 불리는 짐 자무시가 말했습니다.

영화를 만들 때마다 전 많은 걸 배워요. 언젠가는 정말

제대로 영화 만드는 법을 습득하게 되겠죠. 하지만 아마도 그런 일은 없을 거예요. 구로사와는 1980년대에 이런 말을 했어요.

'난 아직도 영화를 만들고 있다. 그건 영화를 만드는 법을 알아내고자 여전히 탐구 중이기 때문이다.' 영화에 대해 모든 걸 다 안다고 자부한다면 만드는 걸 그만두어야 하죠. 그래서 저는 그만두는 일이 없을 거예요. 영화 만드는 법을 완전히 터득하는 일은 없을 테니까요.

짐 자무시의 말은 시쓰기에 대해서 정확한 지점을 가리키고 있네요. 시를 쓴다는 일은 시가 무엇인지, 어떻게 쓰는지에 대한 탐구 자체라고 보시면 됩니다. 문창과나 기타 시창작 강습소의 영업처럼 매뉴어리가 있다면 고민이 필요 없겠지요.

그 매뉴어리를 따른다면 조금만 더 노력하면 좋은 시를 쓸 수 있다는 헛소리에 용기를 얻을 수도 있을 겁니다. 자기 발등의 불도 끄기 바쁜 성직자가 자기 앞에 온 성도들에게 희망과 용기를 가지고 기도하라고 속삭이는 풍경은 여러 모로 암시적입니다.

그때 52세 여자가 말했다.

"선생님, 지금 시수업하시는 거 맞죠?"

"그렇습니다." 내가 말했다.

"이 수업을 듣고 시를 읽거나 쓰는데 도움이 좀 되었으면

좋겠어요. 저는 오늘 시댁에 일이 있는데 미루고 왔거든요.

누가 그러더라구요. 여기 가면 40세 이상의 시쓰기,

50세 이상의 시쓰기, 60세 이상의 시쓰기

이런 식으로 시를 가르쳐준다고 들었어요. 스무 살처럼 쓰지

않기, 서른 살처럼 쓰지 않기를 지도한다고도 들었거든요.

등단하는 요령, 시인의 말 쓰는 법도 가르친다고 들었는데

정작은 그렇지 않네요. 저랑은 안 맞는 거 같아요. 내 친구는

시창작 속성 과정에 다녔는데 4개월 만에 등단하고 시집도

냈거든요. 강사도 젊고."

52세 여자 수강생이 말을 마쳤다.

교실 안은 건축 당시부터 가라앉아 있던 분위기가

한번 더 내려앉았다.

"그럼 그리로 가서야겠군요."

나는 52세 쪽을 바라보며 말했다.

"지금 가도 되나요?" 52세가 말했다.

"좋으실 대로 하십시오." 내가 말했다.

"기왕 오셨으니 이 수업은 다 듣고 갈래요." 52세가 말했다.

"그러세요." 내가 말했다.

"질문해도 되나요?" 52세가 계속 말을 했다.

"하세요." 내가 말했다.

"검색했더니 시집 다섯 권인가 내셨던데 시를 왜 쓰세요?"

52세가 말했다.

"열한 권 냈습니다." 내가 말했다.

"더 쓰실 거 있으세요? 없으실 거 같은데." 52세가 말했다.

"더 쓸 게 없어서 자꾸 자판을 두드리게 됩니다."

내가 말했다.

"말장난이네요." 52세가 말했다.

"비가 열나게 오는군요." 내가 말했다.

"제가 말이 많았다면 죄송합니다, 여러분들." 52세가 말했다.

"모처럼 52세님 덕분에 수업이 살아났습니다." 내가 말했다.

"이시영은 누구예요?" 60세 여자가 말했다.

"시인이겠지요." 61세 남자가 도서관 사서처럼 단정했다.

21

시는 없다.

많은 시들이 있을 뿐이다. 아름답고 망상적인.

22

오늘은 아무것도 손에 잡히지 않는다.

산책도 하지 않았고, 소설도 쓰지 않았다.

소설이라고 했지만 이게 소설이라고 할 수 있을까.

업계가 합의해줄지 모를 일이다. 나의 관심은 그런 데 있지
않다. 소설이 그렇게 쉬운 일인가. 아무나 쓰는 건가. 그렇게
들이대는 입장들은 생각보다 강고하다. 미안하지만 나는 그
런 문학적 우파에 동의할 생각은 없다, 전혀. 문학이야말로 이
질적인 것의 수용이며, 고정적이고 정적인 것에 대한 위반이
라는 블랑쇼의 입장을 나는 믿는다. 너무 시적인 시가 그렇듯
이, 너무 소설적인 소설들도 나를 설득하지 못한다. 대부분의
한국의 문단소설들은 지루하게 읽힌다. 그저 그런 평론가들
이 달려들어 심폐소생술을 하듯이 입김을 불어넣지만 거기
까지다. 나 역시 이 바닥 인간이 아니라서 이렇게만 떠들고 지
나간다.

서울 하늘이 맑아졌다고 야단들이다.

어제까지 퍼부은 비가 도시를 씻어냈기 때문이다.

『기나긴 이별』을 78쪽까지 읽었다.

사립 탐정 필립 말로가 레녹스의 도주를 도운 혐의로 경찰에 끌려가 욕보는 데까지 읽은 셈이다. 인생이 그렇듯이 소설도 심오한 데 진실이 있는 것은 아닌가 보다. 레이먼드 챈들러의 소설 문장처럼 빠른 속도로 하드보일드하게 걷고 싶어졌다. 나는 아파트 로비를 나와서 전철역 방향으로 걸어나갔다. 점심시간이 지난 동네 골목은 한산했다. 전철역 가기 직전에 우회전해서 술집들이 마주보고 있는 기나긴 골목을 걸었다. 아직은 개점 전이라 조용하다. 퇴근 무렵이면 전철에서 내린 인파가 북적대는 조촐한 상권이다. 가게마다 문앞에 간이의자를 내놓는다. 젊은 술손님들은 간이의자를 가득 채우고 술잔을 높이 든다. 좁은 골목에 넘치는 잔 부딪치는 소리와 싱싱한 웃음소리는 이 골목사람들의 일상을 부추기는 생활미학이다. 두어 시간 후면 이 골목은 흥분으로 술렁댈 것이다. 생각만으로도 취기가 돈다. 그때 내 앞으로 한 젊은이가 다가와서 말을 건넸다. 저, 혹시 목사님 아니세요? 나는 천천히 응답했다. 아닌데요. 그리고 청년은 나를 지나쳐갔다. 몇 걸음 전진하는데 아까의 청년이 다시 와서 말했다. 사람을 잘못 봤습니다. 제가 그런 사람이 아닌데 죄송했습니다. 청년은 급히 가던 길을 갔다. 나도 혼란스러웠다. 오늘은 내가 이런 배역을 맡는군. 골목 끝에서 다시 가볍게 좌회전 해서 큰 도로의 건널목을 건넜다. 다시 좌회전. 도로변에 붙어 있는 상점들을 지나간다. 버스 정류장에는 버스 기다리는 사람이 아무도 없다. 그때 등 뒤에서 누가 달려온다. 두어 달 뒤면 만 열 여섯 살 생일을 맞을 듯한 여학생이다. 버스는 여학생을 기다리지 않고 얄밉게 떠나갔다. 달려오던 속력을 겨우 제어한 여학생은 허리를 꺾고 숨을 토하면서 말했다. 씨발이야.

집으로 건너가는 건널목 앞에 섰다. 5층짜리 후진 상가 건물이 눈에 들어왔다. 저 오래 된 빌딩 새로 짓고 스타벅스 들어오면 아파트값도 오를 거라고 아내는 늘 말했다. 건물주를 만나보고 신축을 권해봐야겠다. 그런데 내 말을 들어줄까. 그는 건물만큼 늙었을 것이고, 고집이 셀 것이고, 강북이지만 이만한 건물을 소유하고 있다는 자부심도 작지 않을 것이다. 그는 나를 우습게 생각하면서 젊잖게 말하리라. 그래서요? 선생 일이나 신경 쓰시지요. 신호가 바뀌었다. 나는 건널목을 건넌다. 내 말을 들어줄 사람은 없다. 버스 정류장에서 여학생이 뱉어낸 말을 그대로는 아니고 약음기를 사용해서 곱씹어 보았다. 시발이야. 이마에 빗방울이 떨어지기 시작한다.

23

빗방울은 굵어졌고 점점 드세어졌다.

커피를 마실까.

목구멍이 열려 있다. 무엇인가 그 헛구멍을 달래야 한다.

시계가 열 시를 넘어가고 있다. 거미는 잘 있을까. 사천항에서 만났던 그 길고양이 말이다. 거미가 나를 기다리고 있을지도 모르겠다. 거미는 이 시간 어두운 항구 주변을 어슬렁거릴 것이다. 어느 구석에서 잠들어 있을지도 모르겠다. 행인이 갖다 준 사료를 먹었을 수도 있지만 그럴 가능성보다 굶으면서 어지러운 물건들 사이를 산책하는 것이 내 상상에 어울린다. 책을 펼쳐놓고 앉았을 때도 거미 생각이 나면 마음은 공연스러워진다. 마치 내가 애묘가라도 되는 듯하다. 나는 단지 정처 없이 떠돌아다니는 그들의 집 없음에 대해 잠시잠시 생각한다. 거미에게 나는 어떤 감정을 심고 있다. 무정처와 고립감, 자존심 같은 쓸데없는 것들을 말이다. 커피를 마시기에 적절한 시간은 아니지만 나는 테이크 아웃 커피를 홀짝거린다. 커피를 마시면서 거미를 잊어버린다. 카페인은 거미만 잊게 하는 것은 아니다. 어떤 것은 거미처럼 지긋이 눌러놓고 어떤 것은 또렷하게 밝혀놓는다. 어두운 방에 전등을 켜는 일과 같다. 광화문에서 만났던 63세 여자가 전해준 시집 생각이 떠올랐다. 김소월의 신작 시집.『나는 세상 모르고 살았노라』. 그녀에게서 받았던 시집은 어디 갔는가. 모르겠다. 모를 뿐이다. 분명히 그날 63세 여자로부터 시집을 건네받았다. 무엇엔가 나는 깊게 홀려 있다. 이런 생각에 미치면 나는 내가 살아있다는 사실도 허공에 붕 뜨고 만다. 있는 듯 없는 듯 살아간다. 물수제비를 뜨듯이 현실의 표면을 미끌어지면서 사는 것이다. 살다가 말다가. 있다가 없다가. 헐. 이것이 내가 사는 방식이라고 나는 믿는다. 그날 나는 늦게 잠들었고 한 편의 꿈을 꾸었다. 꿈은 아무개 대학 문창과 대학원생 두 명의 대화가 중심이다. 나는 그들을 모른다. 그들은 문학을 공부하는 석사과정 학생이다. 꿈결에도 나는 그들의 대화를 놓치지 않고 귀여겨 들었으며 기억나는 대로 복원해놓고 혼자 읽는다.

☆박세현 소설 읽었지?

▽『거북이목을 한 사람들이 바다로 나가는 아침』?

☆어떻게 생각하는데.

▽그건 산문집이잖아. 자전 산문이라는 장르딱지도 붙었던데.

☆저자는 소설이라고 우기고 있다.

▽우긴다고 소설이 되는 건 아니고. 나는 소설이라 생각하지 않지.

☆소설은 뭔데?

▽넌 박세현한테 편견을 가지고 있다. 어떤 이론을 들이대도 그건 소설이 아님.

☆너야말로 소설이라는 통념의 조교 노릇을 하고 있다.

▽만약 그런 게 소설이라면 나도 하룻저녁에 천 장은 쓰겠다.

☆그러니? 난 다르다. 소설을 별거라고 생각하는 관점. 그거 웃기는 거야.

▽웃긴다고?

☆너 생각은 물론 너 생각이 아니라 소설에 대한 고정관념이겠지만 문학상 수상작 같은 것을 예들고 싶겠지. 그리고 그

런 것들이 소설의 정전이라고 굳세게 믿고 있는 거 아니겠니.

▽그렇다고 일기나 에세이 같은 것을 소설이라는 장르로 대접할 수는 없잖어. 그럼 뭐 박세현이 소설가라도 된다는 거니. 웃기다. 소설가들 코웃음 소리 들리지?

☆그거 너무 지루한 생각 아냐?

▽지루하다니? 소설이라면 구성이나 스토리, 세공된 문체 같은 것이 있어야 하지 않겠니. 아님 우리가 비싼 등록금 내고 대학원까지 와서 남의 소설을 읽고 쓰고 이 지랄을 떨고 자빠졌겠냐구. 정직하자.

☆난 그렇게만은 생각하지 않는다. 내가 지금 박세현을 두둔하고 있다고 하는데 나는 그 작자를 두둔해야 할 이유가 없다. 한국소설이 나름 후지다는 점을 박세현을 에둘러 지적하는 거다.

▽나도 너 생각에 전적으로 반대하는 건 아니다. 그래도 박세현은 아니야.

☆나도 너 생각에 전적으로 반대하는 건 아니다. 박세현의 거북이목이 소설이 아니라는 근거는 너무 애달프고 토착왜구적 발상이라는 거지.

▽꼴통 수구? 소설의 태극기부대라. 박세현은 촛불이니?

재밌다.

☆이건 시, 이건 소설, 이건 에세이 하는 식으로 칸막이를 치고, 누구는 시인, 누구는 소설가, 누구는 수필가라는 식의 구분은 장르적 우파 관념이다.

▽얼핏 들으면 그럴 듯 하다. 각 장르의 발생과 진화과정과 미학을 무시하는 것은 문학에 대한 도전이자 망발이다.

☆도전과 망발의 역사가 문학의 역사다. 그래야 하지 않겠니? 언제까지 늙은 틀딱, 젊은 틀딱들에게 휘둘려야 할까? 너의 관념은 문학이라기보다 문창과적인 이념이다. 문창과식 영업은 신춘문예 당선까지다. 공예품 조립공의 배출까지라는 말이다. 그 이상의 문학적 의미는 없음. 상징계를 흔들어야 한다.

▽상징계는 흔들리지 않는다. 남조선에서 기득권 계층 바뀌는 거 봤니?

☆하는 척이라도 해야지.

▽결론적으로 너는 박세현의 산문을 소설로 인정한다는 거잖아?

☆인정한다기보다.

▽난 평생 반대. 청와대 청원 넣을까?

24

지난 밤은 그렇게 지나갔다.

잠결과 꿈결 사이를 헤매다가 날이 밝았다.

내 산문을 두고 두 명의 대학원생이 나눈 다이얼로그에 대해

나는 할 말이 없다. 그건 그들의 생각이다. 나는 운명 신경 증자다. 나의 글이 뻔한 파국에 이르리라는 예감을 나는 나보 다 더 깊게 믿으면 산다. 나를 인정하지 않는 상대를 인정하지 않으려는 태도의 연장이기도 하다. 내가 꿈 속에 개입할 수 있 었다면 나도 내 생각을 피력했을 것이다. 그러나 꿈은 꿈으로 끝났고 나는 꿈 밖에서 소외되었다. 장르는 운명이라는 속설 을 나는 미신으로 치부하게 되었다. 지금 내가 쓰고 있는 글 이 무엇이 되어도 상관없다. 그게 무슨 상관이겠는가. 내 글 이 어디에도 속하지 않기를 바란다. 어떤 범주와 계열에도 포 함되지 않았으면 좋겠다. 무소속. 장르 없음. 쓸모없음. 마침내

폐기 처분된다. 박세현은 헛소리였습니다. 지극한 개수작이었다는 평론에 값하고 싶다.

　잠결과 꿈결 사이를 헤매다가 날이 밝았다.

　지난 밤은 그렇게 지나갔다.

　개꿈도 지나갔다.

25

아버지는 휠체어에 앉아 있었고, 표정에서 아들을 알아본다는 느낌이 없다.

청각과 언어를 완전히 상실했다.

시각은 살아있으나

그건 그저 멍하게 뚫린 구멍일 뿐이다.

다리 위에 놓여 있는 자신의 손을 남의 것인 듯 내려다본다. 울트라 마라톤을 끝낸 마라토너처럼 무념무상으로 주저앉아 길었던 인생을 반추하는 표정이다. 장대한 삶의 결말이 상연되고 있다. 이 드라마에는 테마가 없다. 그런 건 본래부터 없는 것이다. 그저 살았고, 열심히 살았고, 어쩔 수 없이 살았다. 잘 살았다 못 살았다 행복했다 덜 행복했다는 판단이 내밀하게 무화되는 장면이다. 아버지는 요양원 거실에 앉아 있고 아들은 마스크로 얼굴을 가리고 요양원 현관문 밖에 서 있다. 이른바 우한 폐렴을 방어하기 위해 고안된 비대면, 비접촉 면

회다. 속절없이 바라만 보다가 면회는 끝났다. 면회라는 말에
는 부합된다. 아버지는 지금 식물이다. 아버지는 당신 방으로
돌아가시고 아들은 혼자 돌아선다. 아버지는 이렇게 살아서
죽어 있다. 아들은 아버지의 산죽음과 헤어진다.

  요양원 마당가에 철지난 장미 한 송이가 피어 있다.
  송이가 작은 수국도 보인다.
  꽃없는 라일락이 빈 가지를 내밀고 섰다.
  나는 느린 걸음으로 요양원의 짧고 급한 언덕을 올라왔다.
나의 동작은 저예산 영화에 출연한 무급 배우의 연기 같았을
것이다. 검은 고양이가 흐느적거리는 체위로 길모퉁이에 길게
누워 있다. 거미인가? 너 혹시 거미를 아니? 사천항에 살고 있
는 검은 길고양이 말이다. 몰라? 인터뷰를 시도했지만 고양이
는 응하지 않고 일어나 다른 데로 옮겨갔다. 다급한 갈증 같
은 것이 밀려왔다. 이럴 때마다 나는 언어와 문장에 담기지 않
은 삶을 느낀다. 다시 말하겠다. 세상의 모든 시와 세상의 모
든 소설이 쓸어담고 남은 찌꺼기 같은 삶을 느낀다. 나는 모종
의 사기극에 출연하고 있다. 알면서 속아야 하는 희비극의 한
구석에 끼어 있다. 감독 못 보는 사이에 객석을 향해 살짝 손

을 흔든다. 내가 보이십니까? 이 막막함을 피해가려고 나는 누군가에게 전화를 건다. 네, 성생님, 그리로 나갈게요.

정소설가는 펜데믹 시민답게 마스크를 끼고, 가방을 메고, 긴 머리를 휘날리며 내 앞에 등장했다. 강변에 있는 해물요리집이다. 김승옥 단편의 인물이 하나 내 앞에 왔다. 악수를 생략하고 그와 나는 좌식으로 된 식당의 방석에 앉았다. 대충 55세에서 60세 사이에 걸려 있는 여자 둘이 요리와 서빙을 담당하는 식당은 우리가 첫손님이다. 명태조림과 막걸리를 주문했다. 나는 오늘 누군가의 미완성 소설 속으로 들어가리라. 일인칭 관찰자 시점이 될 것이다. 플롯도 스토리도 없는 중구난방의 문장 속을 헤맬 것이다. 내 앞에 앉은 친구는 대학의 교육전담교원이자 소설가에서 근무 중이다. 교육전담이 뭐냐고 물었더니 정소설가는 요컨대 비정규직이라고 찬웃음 섞어 대답했다. 어떤 소설가나 어떤 교수는 극한직업으로 분류된다. 하나는 없는 고민을 해야 하는 직업이고 다른 하나는 모르는 것을 아는 척 하면서 밥벌이를 하기 때문이다. 두 가지 배역을 다 맡고 있는 정소설가가 책을 내밀었다. 『소설이란 무엇인가』. 교과서로 편집한 겁니다. 정소설가가 약간 상기된 목소리로 부연했다.

꽤나 학술적 표정을 짓고 있는 300쪽 분량의 책이다. 나는 아직 식지 않은 열기가 묻어나는 책 뒷표지를 읽어나갔다. 이론은 곧 낡은 것이 될 것이고 되어야만 한다. 이론은 현재를 기술하고 미래를 내다보기 위해 임시로 지어진 망루다. 오늘도 누군가는 소설을 쓰고 누군가는 이를 읽고 또 누군가는 이를 연구한다. 이 휘황한 시대에 침침한 강의실에 앉아 문학이라는 지도의 암실을 더듬는 젊은 학생들의 형형한 눈동자를 떠올리며, 이 책을 그들에게 바친다. 그동안 잊고 있던 문학주의가 나를 엄습했다.

"개좋네. 이 대목에서 한잔. 축하해." 내가 술잔 가득히 막걸리를 따랐다.

"성생님, 고맙습니다. 장마통인 칠월의 마지막 날 강변에서 성생님과 앉아 있으리라고는 꿈에도 몰랐으니깐요. 사실 책이라고 인쇄했지만 교과서로 쓸려고 만들었습니다. 별 건 없지만 애는 좀 썼습니다." 정소설가가 말했다. 그는 아직 젊지만 차차 늙어갈 것이고 그럴수록 자신의 생각이 받아들여지지 않는 현실에 대해 깊은 불만과 불안에 떨게 될 것이다. 정소설가가 비어 있는 자기 잔에 막걸리를 따랐다.

"정생, 뭐 하나 부탁해도 되겠는가." 내가 말했다.

"그러세요. 성생님. 비가 그쳤습니다." 정소설가가 창밖을 내다보며 싱겁게 말했다.

"내가 요새 소설을 쓰고 있어." 내가 말했다.

"성생님 본래 소설가잖아요. 강원일보 1979년도 신춘문예 소설 당선. 「바다그림자」." 정소설가가 원고를 읽듯이 말했다.

"아무튼지 간에 내가 소설을 쓰고 있다는 거지. 정색하고 소설 쓰는 분들한테는 웃음거리가 되겠지. 나는 그런 결례가 될 만한 소설을 써보고 싶다는 거지, 이를테면 우리 둘이 마주앉은 지금 이 장면이 소설이라는 견해지. 여기에 더 손질을 가하면 그건 재미없지. 스토리텔링이잖아. 소설 이론서를 쓴 사람 앞에서 거시기한 말이지만 술자리니까 이해하시고." 내가 말했다. 첫 잔의 취기가 몸을 가볍게 적셔놓는다.

"제게 하실 부탁은 어떤 겁니까?" 정소설가가 말했다.

"정생이 내 소설 속에 좀 들어와 주면 좋겠는데." 내가 말했다.

"재밌습니다. 얼마든지 참가하겠습니다. 무보수, 무작정입니다." 정소설가가 말했다.

"고맙다. 자, 기념으로 한 잔. 벌써 정생이 내 소설 속에 들어

와 있는 거야." 내가 말했다. 정소설가와 나는 그렇게 소설 속
에서 각자 다른 배역을 맡는 등장인물이 되었다. 식당은 해물
안주를 즐기는 손님들로 붐비기 시작했다. 왁자한 해물탕 냄
새 속에서 소설의 밤이 저물어간다. 정소설가가 다시 자작을
한다.

아버지가 휠체어를 밀고 내 앞으로 오고 있었다.

집에는 별일 없냐. 없어요. 애들은? 애들도 잘 있습니다.

장마철인데 집 보일러 가끔 돌려라.

고모가 안부 전화 했더라. 운전 조심해라. 그렇게 말하고
아버지는 휠체어에서 벌떡 일어나 걸어갔다. 어디로 가시는
걸까. 뒤돌아보지는 않았다. 장률이 만든 영화 춘몽의 데자
뷰다. 그때 머리에 빗방울을 달고 정소설가가 변소에서 돌아
왔다.

"소설은 좀 읽어?" 내가 맥없이 물었다.

"안 읽습니다. 오늘 어떤 장관이 소설 쓰네라는 발언했다고
보수소설가협회에서 사과하라고 성명서 낸 거 보셨어요?" 정
소설가가 웃으며 말했다.

"보수 소설가협회는 무얼 보수한다는 거야?" 내가 물었다.

"소설을 보수할 겁니다." 정소설가가 대답했다.

"안 봐도 비디오라고 하면 비디오협회에서 반발하려나." 내가 말했다.

"모든 협회는 다 비위생적입니다." 정소설가가 단정적으로 말했다. 이런 단정적이고 단호한 정의들은 뜻하지 않은 진실 효과를 발생시킨다. 그도 나도 술잔을 들었다. 나는 반만 마시고 잔을 내려놓았다. 이것도 사는 맛이다. 죽으면 이 맛도 없다. 술값 결제를 마치고 정소설가와 나는 시내를 향해 걸었다.

강바람이 이마를 어루만진다.

이 바람의 온도는 여름 것이 아니라 4월 초순의 바람결이다.

바람결이 몸 속으로 들어와 술기운을 다시 휘저어놓는다.

지금은 정소설가가 재직하고 있는 대학, 한때는 그와 내가 학부를 다니기 위해 건너다녔던 다리를 지나간다. 젊은 날. 이 말 앞에는 긴 침묵의 수식이 있어야 한다. 지방대학을 다닌 사람만이 껴안아보는 결핍과 결락과 결손의 무늬들. 그날은 사라졌지만 멀리 돌아보자면 아름답거나 사랑스럽고 벅찬 날들이다. 죽고 싶어요. 삶이 너무 비루해요. 정소설가가 다리 밑으로 흐르는 물을 내려다보면서 금방 뛰어내릴 듯한 어조로 말했다. 뛰어내릴 거야? 내가 물었다. 그러고 싶다는 말씀입니다. 정소설가가 여러 말을 계속 쏟아냈다. 그도 나도 60% 정도 취했을 것이다. 지방대학 교수들 90%는 교수 형 시켜야 해요. 총알값은 절약되겠군. 문단도 마찬가집니다. 문단에 붙어 기생하는 놈들. 다 따발총으로 쏘아버려야 해요. 요즘 따발총 있나. 생생님, 특히 시 졸라 못쓰는 것들 다 쓸어버려야 해요. 시 잘 쓰는 놈들도 이하동문입니다. 그거 다 수상한 겁니다. 아닙니까? 시 잘 쓴다는 게 뭐예요. 제가 보기에 분리수거 대상입니다. 문단의 지평이 새로 구축되겠군. 정생 말을 듣고 있으니 기분이 묘해져. 시원하기도 하고 쓸쓸하기도 하고 슬프기도 하고. 우린 다 잡놈이 되었다고 선언하던 논객의 말이 나한테로 마구 밀려온다. 어디 가서 커피나 마시지요?

어디 가서 커피를 마시자고 시내를 돌아다녔는데 우리에게 그 어디는 찾아지지 않았다. 마치, 너무, 노골적으로 삶이 그렇듯이. 10시가 되자 대개의 카페들이 문을 닫고 불을 껐다. 코로나 계엄령이 내린 소도시의 적막이 울울창창하다. 옛날

택시부 광장을 지나 중앙시장을 지나 과거의 모퉁이를 지나 정소설가와 나는 방향 없이 유턴해서 돌아섰다. 일방통행인 가구골목에 접어들었다. 쇠락한 채로 중소기업들이 생산한 가구들을 팔고 있는 이 골목을 지나가는 나의 감회는 늘 새롭게 갱신된다. 이 골목을 지나 학교를 갔고, 이 골목을 지나 문학회에 갔고, 이 골목을 지나 술집엘 갔고, 이 골목을 지나가서 맹물 같은 연애를 했다. 성생님 저는 이 도시 사람이 아니에요. 굴러들어온 이민자입니다. 그런데 여기서 대학을 다니고 결혼을 하고 소설을 쓰고 등단을 하고 주민세를 내고 모교에 붙어살고 있습니다. 옳지 않아요. 제 운명은 애초부터 고장났던 겁니다. 비루하게 너무나 비루하게 말입니다. 괜찮다. 그렇게 말하니 정생 박사논문의 주제였던 김승옥의 인물이 덧씌워진 거 같아. 정소설가가 웃는다. 「무진기행」의 남자 윤희중에겐 돈 많은 부인이 있었고, 돌아가 회한을 되씹을 고향이 있었습니다. '어떤 개인 날'을 부르던 목으로 술자리에서 '목포의 눈물'을 부르는 그 여자. 제가 지금 하인숙의 배역을 맡고 있습니다. 조금 비틀대며 그가 노래를 흥얼거렸다. 사랑보다 먼 우정보다는 가까운 날 보는 너의 그 마음을 이젠 떠나리 내 자신보다 이 세상 그 누구보다 널 아끼던 내가 미워지네. 그리고 정소설가는 조금 우는 것 같았다. 내가 말했다. 한밤중에 술 취해서 남의 집 대문을 두드리며 월부책값 받으러 왔다고 외치며 우는 사내들 같어, 우리가. 아니 내가. 그러자 노래도 울음도 그친 정소설가가 나를 돌아보며 말했다. 어디서 들어본 얘기군요. 예컨대, 「서울 1964년 겨울」 같은 소설에서 말입니다. 여기를 쓰고 있는데 행정안전부에서 문자가 왔다. 〔행정안전부〕오늘 22시 00분 호우경보, 산사태, 상습침수 등 위험지역 대피, 외출자제 등 안전에 주의바랍니다.

커피집 찾는데 실패한 정소설가와 나는 비현실적으로 환하게 불을 밝히고 있는 세븐 일레븐 앞에 멈추었다. 그가 안으로 들어가서 커피 두 잔을 가져와 테이블 위에 얹었다. 거리에는 사람이 없고 더러 화난 듯이 달려가는 차들뿐이다. 밤산책 나온 중년부부가 우리 옆자리에서 무대감독의 지시를 받은 배우처럼 조용히 대화를 나눈다. 밤고양이가 우리가 앉은 테이블 밑으로 지나갔다. 녀석도 지금 이 순간에 이곳을 지나가도록 튜닝된 팔자소관을 연기하고 있는 것이다.

"성생님, 칠월 끝날입니다. 아름다운 밤입니다." 정소설가가 말했다.

"그렇네. 좋나게 아름답다. 순수를 극하는 밤이다. 칼을 들고 덤벼드는 여자의 칼 끝에 그냥 살해당하고 싶은 밤이야." 내가 말했다.

"김승옥 변주군요. 급이 좀 낮아요. 성생님." 정소설가가 말했다.

"손창섭이거나 최인훈스럽기도 하다. 어딘가 난민스럽잖어. 앉은자리에서 난민이 되어 벌벌거리는. 아까 정생 책에서 현대소설은 낙오자(outcast)의 삶을 그린다는 문장을 봤는데 낙오자보다 아웃캐스트가 주는 실감이 더 실감났어. 우리 다 그렇잖어? 각자 신의 위치에서 한 때는 영웅이었다가 귀족이었다가 마침내 별볼일없는 아웃캐스트가 되어 있는 자기를 발견하는 거지. 아웃캐스트. 버림받고, 퇴짜 맞고, 거절당하고, 따돌림받고, 쪽당하고 그렇게 든보잡으로 살아가는 인류들 아니겠어. 아웃캐스트는 그런 종족을 말하는데 한국어 낙오자는 솔직해. 직설적이다." 내가 길게 말했다.

"격하게 동의하고 싶습니다." 정소설가가 말했다. 그는 약간 취했다. 변소 다녀오겠습니다. 충. 성. 정소설가는 거수경례를 찍어 붙이며 일어났다. 그는 편의점 뒤로 돌아갔다. 편의점 불빛이 설취한 아웃개스트의 등을 휘황하게 조명한다.

그가 내 소설 속에서 느리게 걸어나가고 있는 중이다.

내가 초대한 등장인물이 나의 사소설 바깥으로 퇴장하고 있는 것이다.

25-1

정소설가와 헤어지고 집으로 돌아왔다.

세를 준 2층은 불이 환히 켜져 있다.

아래층도 커튼 사이로 불빛이 샌다.

늦게 돌아올 때를 생각해서 불을 켜놓고 외출했던 것이다. 이웃들에게 사람이 거주한다는 시위도 할 겸. 옷을 벗고 샤워를 하고 등등의 일을 마치고 소파에 앉는다. 티비는 켜지 않는다. 배우들이 퇴장한 무대에 남아서 자신의 연기를 반성하는 배우의 심정이다. 정소설가와 헤매고 다녔던 이 작은 도시의 불빛들이 아직도 나를 비추고 있다. 오늘은 코로나 확진자가 몇 명인가. 청와대는 세종시로 갈 것인가. 서울 아파트는 얼마나 더 오를 것인가. 진보는 진부한가. 진실은 밝혀질 것인가. 나는 그것이 알고 싶지 않다.

나는 이 집에서 글을 써 본 기억이 없다.

2층집으로 신축하기 전 옛집 평상에서 경방 크로바 타자기로 시를 쓰던 기억이 지나갔다. 그때의 시들이 『꿈꾸지 않는 자의 행복』과 『길찾기』에 수록된다. 그때 내 시들은 서울이라는 먼 곳에서 들려오는 욕망의 희미한 반사 같은 것들이다. 물증에 의한 시가 아니라 심증에 의한 시들이다. 아직도 내 시는 그 언저리에 머물고 있는지도 모른다. 집앞까지 따라왔던 술기운은 집에 들어서자 저는 이만 돌아갑니다 하면서 헤어진 정소설가처럼 내 몸을 빠져나가 버렸다. 냉장고에서 도수 없는 생수 한 컵을 따라 마셨다. 몸 속 어딘가에 도사리고 있던 잠이 급히 냉동되는 소리가 들린다.

자정이 넘었다. 밤비가 구수하다. 7월의 비. 내일은 더 살아보자. 불을 껐다. 빛이 사라지자 근황이 궁금한 사람들 리스트가 떠올랐다. 메모한다. 장 뤽 고다르, 지아장커, 장률, 홍상수, 왕빙, 우디 앨런, 짐 자무시, 정성일. 다들 영화판 사람들이다. 문학 쪽. 찰스 부코스키, 나보코프, 존 윌리엄스, 레이먼드 챈들러, 무라카미 하루키, 사뮈엘 베케트. 하루키를 제외하곤 다 이 바닥을 떠났군. 시인들은 왜 이렇게 떠오르지 않느냐. 억지로 몇 사람 적어놓는다. 단지 내 사유의 균형을 위한 것이다. 이상, 김수영, 김영태, 오규원, 이승훈, 황동규, 김소월(을 놓칠 뻔 했군). 만석이다. 이 정도면 드림팀이네. 나머지는 다른 기회를 이용해주세요. 다시 불을 켤까 하다가 그냥 잠들기로 했다. 어떤 사람들은 일부러 어두운 골목길을 걸어다닌다.

살해당할지 모른다는 스릴을 즐기기 위해.

26

지난 밤은 숙면하지 못했다.

잠의 표면을 미끄러지다가 날이 밝았다.

흔한 일이기도 하고 드문 일이기도 하다.

오늘 일정을 설정하며 전화해 볼 곳을 검색했다. 이런, 전화할 곳이 없군. 어제까지만 해도 아니 오분 전까지만 해도 어이, 뭐해 그런 시늉을 하면서 전화하고 싶은 데가 서너 군데는 되었다고 생각했는데 전화를 수신해 줄 대상이 없어졌다. 망할. 뭐 그런거지, 이젠 누구를 만나도 할 말이 없다. 관계의 소진. 관계의 영도로 돌아간 것이다. 누구의 탓도 아님. 그대들이여 평안하게 각자도생하시길. 아침바다를 보고 커피를 마실 궁리를 하는데 전화가 왔다. 정소설가다. 괜찮으시면 저랑 초당에서 순두부 드실랍니까. 좋다. 그럼, 강릉고등학교 정문으로 오세요. 기다리겠습니다. 알았어. 전화 뚝.

약속장소 초당엔 내가 먼저 도착했다.

나보다 10분쯤 뒤에 정소설가가 주차장으로 들어왔다.

정소설가는 흰색 티셔츠와 청바지 차림이었다. 군더더기 없다.

의상에도 인문적 코디가 있다. 그의 차림새는 수수하지만 깔끔하고 깔끔하면서도 하루이틀에 흉내낼 수 없는 내면이 묻어난다. 식탁에는 순두부와 이런저런 반찬들이 올라왔다. 정소설가는 어젯밤의 과음에 대해 짧게 설명했다. 정소설가 덕분에 나는 모처럼 멀리 갔다 온 기분이었다고 솔직하게 말해주었다. 여긴 가끔 와? 내가 물었다. 말 그대로 가끔 옵니다. 자주는 아니라는 말씀도 되겠습니다. 요 옆이 난설헌 생가잖아. 내가 말했다. 그렇게 알려졌는데 생가터는 아니고 초당 고택으로 시에서 정정했지요. 요즘은 난설헌 기념공원이라고 합니다. 정소설가가 말했다. 한번 해병은 영원한 해병이잖아. 내가 웃으면서 말했다. 정소설가는 나보다 20년 젊게 웃었다. 쉰을 막 지나가는 그의 이마에는 아직은 젊은 삶의 피로가 묻어 있다. 소설도 쓰고, 평론도 하고, 논문도 쓰고, 강의도 해야 하는 다발성 노동이 지나간 흔적이다. 스마트폰으로 세상이 손바닥 안에 들어오게 되었지만 공간은 좁혀지지 않는다. 지금 서울에 비가 내리고, 뉴욕에 바람이 분다는 사실을 실시간으로 알지만 몸은 실시간으로 거기에 동참하지 못한다. 이런 공간적 편차를 사람들은 마치 그 자리에 있는 듯한 착각으로 채운다. 다 알고 있다는 듯이, 다 겪고 있다는 듯한 태도가 스마트폰을 손에 든 사람들의 실시간성 오해다. 아침에 성추행한 시인에 대한 sns가 검색되더라구요. 정소설가가 말했다. 소설가는 성추행을 안 하나 봐. 소설은 긴 장르니까 시간이 없을 수도 있겠다. 내가 말했다. 지금 시인을 감싸시는 건 아니겠지요, 설마. 정설가가 말했다. 그 동네 왜 그러는지 모르겠다. 나는 3인칭 화법을 구사했다. 시인이나 소설가는 문학창작과 출신에게만 한정하면 어떨까요? 정소설가가 창의적으로 말했다. 지랄하겠지. 내가 말했다. 화가나 음악가는 전공자들만의 세계잖아요. 의사도 의대 출신만이고요. 그런 것처럼. 정소설가가 좀 더 구체적으로 말했다. 말이 되기도 하고 안 되기도 하는 거 알지? 문학창작과가 영업하는 근거는 문학이 지속적인 기능 훈련을 통해 성취된다는 신앙이겠지. 대학에서 문학창작 분야 학생을 뽑을 때 실기시험을 친다는 거 알지? 나는 격하게 반대. 웃겨도 한참 웃기는 거지. 손가락만 비대한 기능인을 배출하는 문화적 배경이라고 생각해. 성추행도 그런 잡음의 하나일 거다. 내가 다소 공격적으로 말했다. 제 말씀이 옳지 않군요. 정소설가가 말했다. 문학창작과 출신에게만 문학창작권을 주는 건 잡다한 반대에 부닥칠 것은 뻔하잖아. 대안은 고교와 대학 수준의 창작과정을 다 금지하자는 거지. 누가 누구를 가르치겠어. 문학은 문장 수련이 아니라 문장에 대한 욕망을 전수하는 거라고 이 스피커는 주창한다. 문학창작과는 한국문학의 어떤 미래도 보장할 수 없다. 내가 길게 말했다. 성생님도 문학창작과에 몸담았잖아요. 정소설가가 반격했다. 반성하고 후회한다. 문학창작과 영업을 해 본 결론이다. 일찍 망했다는 것이 다행이라면 다행이다. 문학창작을 가르칩네 하는 거 그거 다 사기라는 거 알지? 사기술이라는 깨우침이 없는 가르침이야말로 비극이다. 그만 말하자. 지겹도다. 내가 말했다. 순두부 잡수시고 잡스런 얘기에 발끈하신 거 같아요, 성생님이. 정소설가가 웃으며 말했다. 식당을 나와 정소설가와 나는 초당동 소나무 사잇길을 산책했다. 여름날의 아침 아홉시가 소나무 군락에서 어른거렸다. 강릉고등학교가 성생님 모교지요? 저기. 정소설가가 강릉고등학교를 가리키며 말했다. 강릉고등학교는 맞는데 내가 공부한 장소는 여기가 아니지. 학교가 몇 번 이사를 했다. 그러니 이 장소는 고등학교는

175

없지만 다른 추억은 있지. 19살에 입학한 강릉교육대학이 바로 이 자리였다. 내가 약간의 감회를 섞어 말했다. 맞다. 첫 시집에 실린 「엽서」가 생각납니다. 낡은 교육학 서적을 끼고 위수령이 내린 송신소 앞 녹슨 철길에 서면 빛나는 스물한 살 지워진 한 줄의 연애였다. 정소설가가 보폭의 속도에 맞게 시를 낭독했다. 감격적이군. 옛날 내 시를 알고 있다니. 오늘 소설은 아랫녘말로 징하다. 내가 말했다.

　이 집이야. 이번엔 내가 눈앞에 나타난 한 채의 집을 가리켰다. 넓은 잔디밭 너머로 아담하지만 조형미가 색다른 집이 눈에 들어온다. 이 집이 시나리오 작가 신봉승 선생이 강릉에서 글을 쓰던 집필실이다. 내가 문화해설사처럼 말했다. 얘기는 들었지만 여긴 처음입니다. 담 너머로 집을 살피면서 정소설가가 말했다. 집이 꽤 큰 편입니다. 몇 평이나 될까요? 정소설가가 부동산적 시각으로 말했다. 나의 생각이지만 강릉은 이 분을 기억해야 한다고 봐. 만년필 한 자루로 드라마계를 평정했던 분이지. 이 분의 청춘을 지배했던 것은 역시 시였다. 나의 문학적 초심도 신봉승 근처 어디에서 찾아야 한다. 이 분에 대해서 한 30분은 원고 없이 떠들 수 있다. 대하드라마 「조선왕조 5백년」은 원고지 14만 4천장 분량이었다고 한다. 놀랍지 않어? 이 분은 항상 초록색 잉크를 즐겨 사용했다. 집필할 때는 여러 장르의 음악을 녹음해서 들었고, 녹음 분량이 다 지나가면 자신의 원고도 끝났다고 했어. 신봉승을 시나리오 작가로 국한해서 대중문학을 했다고 폄하는 축들이 있다고 들었다. 속 좁은 생각이다. 신봉승이 그의 고향 강릉에서 충분히 이해되자면 시간이 많이 흘러야 될 것이고 그렇다고 하더라도 몰이해의 여지는 남는 거지. 태를 버렸다는 원죄겠지. 내가 길게 말했다. 모든 이해가 몰이해 아닙니까. 그러니까 성생님은 신봉승 팬이군요. 정소설가가 말했다. 간단히 요점만 말하자면 그렇다. 정생과 나는 지금 어떤 문학사의 현장에 있는 거다. 내가 말했다. 그런가요? 정소설가가 말했다. 그렇다. 신봉승은 1933년생이다. 천상병 1930년, 강민이 1933년, 김관식이 1934년, 신경림이 1936년, 황동규가 1938년생이다. 그러면 신봉승의 문학사적 좌표가 잡히지 않겠어? 신봉승도 저들과 부대끼면서 문학사를 살았다는 거지. 시 초회 추천을 청마가 했다는 거 아냐. 나는 이런 점들이 그냥 흘러가서는 안 된다는 입장이지. 특히 이 동네에서는. 성생님 말씀 듣고 보니 새삼스럽습니다. 1933년생 시인이 생각나는데 이름은 거명하지 않겠습니다. 정소설가가 말했다. 문학사

는 끝났지? 1930년대, 해방공간에서 1970년대까지 좀 연장
하면 1980년대 어디에서 한국문학은 멈추었다고 봐. 내가 말
했다. 저야 빤쓰 고물줄 잡아당기듯이 더 밑으로 내리고 싶지
요. 정소설가가 말했다. 어디까지? 2000년대까지? 내가 말했
다. 자기 시대에 매달리고 싶은 욕망으로 문학하는 거 아닐까
요? 정소설가가 말했다. 동의하지만 내가 생각하는 리터러시
가 그렇다는 말이지. 그 이후도 읽어야 하는지 자문한다. 내
가 낮은 음성으로 말했다. 우리는 어디에 속할까요? 정소설가
가 말했다. 자기 시대에게 물어야 할 일이. 정생은 정생의 시
대에 나는 내 시대에게. 어제 생각난다. 아웃캐스트. 나는 문
학사에 명단이 없는 아웃캐스트야. 내가 말했다. 서운하지 않
으세요. 열나게 달려왔는데 자기 자리가 없다는 거 말입니다.
정소설가가 말했다. 많이는 아니고 다소 민망하지. 100년 단
위로 볼 때 시인 한 여나믄 명이면 족하다. 시만 보자면 한국
문학사는 나름 빈약하다. 공예품 같은 시는 많지만 그것도 문
학사의 관용 속에서만 자기 자리가 배정된다. 한국어의 아름
다움에 기여했느니 어쩌니 하는 판단들이 다 쑥스럽다. 좋은
시라는 평균적 합의에 기대고 있는 시들을 문학사는 재고해
야 한다. 언어의 공백에서 출발한 시인을 꼽아본다면 한국문

학사에서 대여섯 명 정도 생존하겠지. 그것도 정원 초과일지도. 내가 다소 높은 톤으로 말했다. 성생님 잣대가 너무 가학적인 거 아닙니까? 정소설가가 말했다. 내 생각이지. 내가 말했다. 강문에 가서 커피 드시지요. 스타벅스가 새로 생겼답니다. 정소설가가 고급한 정보를 누설하듯이 말했다. 우리는 각자의 차를 이용해 스벅 주차장으로 이동했다. 스벅은 3층 건물이었다. 우리는 2층에 자리를 잡고 우리가 마실 커피를 손수 날라왔다. 우리는 자본주의의 알바들이다.

멀리서 첫 번째 파도가 밀려왔다.

이어서 두 번째 파도가 밀려왔다.

"성생님, 오늘 바다색이 죽입니다." 정소설가가 말끔한 목소리로 말했다.

"여름바다는 봄바다와 다르게 욕정적이야." 내가 말했다.

"욕창적으로 들렸습니다. 그건 뭘까요?" 정소설가가 말했다.

"내 아버지가 요양원에 누워 있다는 정보가 당신의 무의식이 된 거겠지." 내가 말했다.

"저 이혼할까 생각 중입니다." 정소설가가 말했다.

"이혼이 철학적으로 들린다." 내가 겉멋으로 말했다.

"20년 살았어요. 어느 날 현타가 왔습니다." 정소설가가 말했다.

"어떤 개자식이 결혼이라는 걸 만들었나 몰라." 내가 짧게 끊어 말했다.

"여보, 당신 하면서 모여 살잖아요. 부조리극입니다." 정소설가가 말했다.

"이 집 커피 괜찮네." 내가 낮은 키로 말했다.

"저는 대학원 수업이 있어서 먼저 일어나야겠습니다." 정소설가가 말했다.

"시간 내줘서 고마워. 정교수, 대학원에선 뭘 가르쳐?" 내가 말했다.

가벼운 목례를 하고 일어서는 정소설가의 등 뒤에서 새로 시작하는 파도가 밀려왔다. 하나, 둘. 나는 파도를 헤아리고 있었다.

27

연 3일 비가 왔다.

산책도 여러 날 굶었다.

낮밤 없이 쏟아지는 빗소리 특집이다.

산사태 위험 경보, 잠수교, 동부간선도로 전면 통제, 입산 금지 등의 문자가 계속 날아온다. 문자 발신지도 각각이다. 서울시청, 노원구청, 중앙재난안전대책본부, 행정안전부, 산림청 등등. 독서 중인 『기나긴 이별』은 이래저래 진도가 나가지 못하고 있다. 테리 레녹스가 죽었다는 소식이 전해지고 레녹스의 도주를 도운 혐의로 말로는 경찰서에 가서 곤욕을 치르는 장면까지 읽었다. 어서 읽어야지 하면서 독서를 늦추게 되는 이유는 모르겠다. 매일매일 지지고 볶아대는 현실은 영화나 소설이 흉내내지 못하는 기묘함으로 출렁댄다. 파주에서 도망친 코로나 확진자가 서울에 진입했다는 뉴스가 떴다. 현재 경찰과 방역 당국이 위치 파악 중에 있다고 한다. 확진자의 동선이 다 털리는 중이다. 끔찍한 세상이다. 드라마는 현실을 추수적으로 재구성할 뿐이다. 소설가들이 뽐내는 문체라는 것도 소설 자신의 결핍을 감추는 포장에 불과한지도 모르겠다. 현실의 현장은 문체적으로 움직이지 않는다. 문제적으로 움직일 뿐이다. 하드보일드만은 예외다. 비는 계속 내린다. 음산하다. 오늘도 소설은 전개된다. 내가 살아가는 소설은 늘 절정만 있다. 발단이나 결말은 없다. 오늘도 나는 혜화역 4번 출구 방향 통로에 앉아 하나의 절정을 맞을 거다. 이 영업은 오늘로 마감된다. 내가 가진 책의 재고가 바닥이 났다. 떨이하는 날이다. 나의 영업 방식은 저 옛날 장바닥에 앉아서 천자문 같은 고서를 팔던 노인의 그것이다. 텃밭에서 기른 농산물을 펼쳐놓고 길가에 앉아 있는 시골노인의 배역과도 다르지 않다.

하모니카를 불고 있는 남자
옆에 자리를 잡았다. 영업은 자리가 중요하다.
이 짓도 전년도 수상자 뒤에 줄을 서야 차기 수상자가 될 가능성이 상승하는 국내 문학상의 메커니즘과 유사하다.
남자는 빨강 모자를 쓰고 청바지를 입었다. 하모니카를 불고 있고 앞에는 초고추장 박스가 덩그러니 놓여 있다. 여기 돈 넣어. 그런 장면이다. 그가 불고 있는 음악은 밥 딜런의 번안곡이다. '소낙비'. 어디에 있었니 내 아들아 어디에 있었니 내 딸들아 나는 비 오는 날 밤에 천둥소릴 들었오 세상을 삼킬 듯한 파도소릴 들었오 성모 앞에 속죄하는 기도소릴 들었오 남편 잃은 여인네의 한숨소릴 들었오 나는 배부른 송아지의 웃음소릴 들었오 물에 빠진 시인의 노래도 들었오 소낙비 소낙비 소낙비 소낙비 끝없이 비가 내리네. 남자가 연주를 끝내고 고요하게 앉아 있다. 양병집을 닮았는데 진짜 양병집인지는 모르겠다. 물어봐야 하나?

"실례가 아니라면 혹시 가수 양병집 성생님 아니신가요?" 내가 조심히 물었다. 그는 양병집처럼 씨익 웃었다. 양병집이 아무리 한물갔다고 해도 이런 데 나와서 버스킹을 할 거라는 생각은 해보지 못했다. 그럼 전직 교수이자 시인인 내가 이런 데서 내 책을 떨이로 소매하는 일은 이해가 된다는 뜻인가. 양병집 같은 늙수그레한 하모니카 연주자는 나의 질문을 조용히 씹는다.

"양병집이 아니오. 짝퉁이지요." 짝퉁이 대답했다. 얼굴엔

고운 미소까지 서렸다.

"저는 진짠 줄 알았어요. 많이 닮으셨네요. 목소리까지." 내가 말했다.

"그런 소리 자주 들어요. 그래서 유튭에서 양병집을 검색해보기도 했는데 내가 봐도 좀 그렇더라구요. 내가 더 양병집 같았어요. 세상엔 별일이 다 많잖아요." 별일이 말했다. 그가 하모니카를 입에 물었다. 이번엔 자신의 노래 '이제는 안녕'을 연주한다. 텅 빈 겨울바다는 너무 쓸쓸해 사랑은 나를 버리고 슬픔이 나를 반기네 파도는 산처럼 내게로 밀려와 내 마음 적시고 부서져 버렸지 내 사람 그대 이제는 안녕. 멜로디가 허전하고 쓸쓸하다. 사람들 두엇이 하모니카 앞에 서서 적적한 연주를 듣는다. 신기하다는 표정들이다. 연주자의 돈통엔 지폐가 조금씩 쌓였다. 더러 5천원짜리도 보인다. 나는 아직 개시 전이다. 양병집은 김민기, 한대수와 더불어 한국의 3대 저항가수라고 검색된다. 무엇에 저항했는지는 뚜렷하지 않다. 자신의 운명에 저항한 부류가 그중 일급이다. 내가 아는 양병집은 훌륭한 포크 가수임에도 대중으로부터 충분히 호응 받지 못했다. 나는 양병집의 그 점을 존중한다. 국내에서 활동이 지지부진하자 그는 호주로 이민한다. 청소부, 교포 신문사

직원, 화장품 공장 노동자, 중고 자동차 딜러, 교포식당 경영자 등으로 15년을 남의 땅에서 보내고 돌아온다. 늙수그레한 연주가 끝나고 늙은 버스커는 다시 조용한 사색에 든다.

"양병집을 좋아하시나 봐요?" 내가 말했다.

"같은 세대니까요." 세대가 말했다.

"1970년대 포크가수들의 영향권에서 청춘을 보냈거든요." 내가 말했다.

"양병집은 괜찮은 가수라고 생각해요." 가수가 말했다.

"작년에 강릉영화제 폐막식에서 양병집이 나타났더군요. 전성기의 양병집은 아니었지만 여전하거나 여전하지 못한 그 울림에 공감했습니다." 내가 말했다.

"양병집이 거기 갔었나요. 그자에겐 전성기가 없었어요." 전성기가 말했다.

"저도 그리 생각합니다." 내가 말했다.

"파란만장이지요." 파란이 말했다.

"밥 딜런 전도사라 불리기도 하던데요." 내가 말했다.

"양병집은 양병집을 전도했을 겁니다." 전도사가 말했다.

"성생님 연주를 들으니 한 시대가 울컥하는군요." 내가 말했다.

"오늘은 수입이 괜찮은 편입니다. 사만 이천원 벌었어요. 형씨는 개시도 못해서 어쩌나. 남의 일 같지 않군요. 우린 뭐 노조가 있나요 뭐가 있나요." 노조가 말했다. 그때 이거 파는 거냐고 묻는 소리가 들렸다. 고개를 들어 쳐다보니 이제 막 군에 입대한 훈련병을 뒀을 법한 여자가 서 있다. 그런데 그 얼굴 윤곽은 어딘가 낯익은 기시감이 느껴진다.

"한 권에 얼마에요?" 얼마가 말했다.

"5천원 받는 건데 오늘은 떨이로 천 원씩 땡처리 할 겁니다." 내가 말했다.

"이 책들 전부 다 주세요. 만 원 드릴 게요. 자신의 노동집약적 성과물을 너무 싸게 처리하는군요. 슬픕니다." 슬픔이 말했다. 지갑에서 돈을 꺼내는 훈련병 엄마를 다시 쳐다보면서 나는 작은 탄성을 삼켰다. 광화문에서 만났던 63세로 보이는 여자의 젊은 얼굴이 겹쳐졌기 때문이다. 우리 엄마가 성생님 책을 좋아하거든요. 그래서 다 가져가는 겁니다. 63세 여자의 딸로 상상되는 젊은 여자가 말했다. 다섯 권은 가방에 넣고 나머지는 손에 들면서 좋은 글 많이 쓰시라는 인사말을 남기고 여자는 내 앞을 떠나갔다. 미스테리군. 나는 생각한다. 그때 부스럭거리며 버스킹하던 남자가 일어섰다. 나는 이만 일어섭니다. 장사도 잘 됐고. 장사가 말했다. 연주를 공짜로 잘 들었습니다. 내가 말했다. 천만에요. 나는 저녁에 공연 리허설이 있습니다. 리허설이 말했다. 혹시 양병집 성생님 맞는 거 아닙니까? 내가 말했다. 그런 게 중요한 건 아니잖아요? 선생. 선생은 그렇게 말하고 하모니카를 뒷주머니에 넣었다. 돈통과 깔개용 신문을 접어들고 휘적휘적 자리를 떴다. 양병집 닮은 남자가 뒤돌아보면서 형씨의 직거래 영업방식도 괜찮아 보인다고 말했다. 내가 지금 직거래를 하고 있구나. 나도 주섬주섬 일어섰다. 이 소설의 다음 문장은 뭐지?

엄마 손에 매달려가던 태어난 지 4년 쯤 되어 보이는 남자애가 물었다.

"엄마 저 아저씨들 뭐야, 거지야?"

"응? 그런 거지."

28

　이제 세상에는 금발이 흔해 빠져

　요즘은 아예 웃음거리가 될 지경이다. 금발 여자도

　저마다 장단점이 있는데, 단지 예외가 있다면 염색한 줄루족처럼 빛바랜 가짜 금발인 주제에 성깔마저 독사처럼 사나운 금속성 금발이겠다. 끊임없이 재잘거리는 작고 귀여운 금발도 있고, 얼음처럼 서슬 퍼런 눈빛으로 사람을 멀리 밀어내는 크고 기세등등한 금발도 있다.『기나긴 이별』135쪽을 지나가는 중이다. 금발 여자의 장단점을 유형별로 기술한 페이지다. 요즘 독자들이 읽으면 밥맛이라고 할 게 틀림없다. 이 소설이 1953년에 작성되었다는 점을 고려하면서 읽어도 밥맛은 밥맛이겠지만 말이다. 자판 연습을 겸해서 한두 가지 유형만 옮겨 본다. 분량을 메우기 위한 수는 아님을 밝혀 둔다. 자기 몫은 자기가 계산하려 하고 명랑하고 상식적인 데다 유도를 착실하게 배워 트럭 운전사를 어깨 너머로 메다꽂으면서도 새터데이

리뷰 사설을 한 문장 이상은 놓치지 않는 실력까지 갖췄으니 좋은 친구가 될 만하다. 황무지나 단테, 카프카나 키르케고르의 책을 읽으면서 음악도 좋아해서 뉴욕 필하모닉 오케스트라의 공연을 들으며 콘트라베이스 연주자 여섯 명 중에서 누가 4분의 1박자 늦었다는 것까지 짚어내는 창백한 금발도 있다. 백만장자 두 명과 결혼한 후 각각 1백만 달러씩 받아내고, 운전사에 조수까지 딸린 승용차를 타고 다니는 화려하고 매력적인 금발도 있다. 몇 가지 더 있다. 예컨대 샴페인만 있으면 어디든 마다 않는 금발, 집으로 데려다줄 때 남자 팔에 매달려 늘 피곤하다고 하소연하는 금발도 있다. 한국에는 금발이 없어서 챈들러의 분류는 유용성이 떨어진다. 그런 거지 하는 정도로 읽으며 지나간다. 나도 몇 가지 더 보태고 싶지만 금발의 특징은 아닌 것 같아 참는다. 이름도 몰라요 성도 몰라 처음 본 남자 품에 얼싸 안겨 비 내리는 밤도 눈 내리는 밤도 춤추는 댄서의 순정. 나는 금발이 들어갈 자리에 시인을 삽입해 본다. 그나마 내가 잘 안다고 가정하는 말인데 그런대로 큰 무리 없이 문장의 맥락에 잘 어울려서 놀란다. 세상에는 시인이 흔해서 더러 웃음거리가 되기도 한다. 내가 방금 쓴 문장이 찬웃음으로 체인지업이 된다. 내 탓은 아니다. Dance first. Think later. It's the natural order. 샤뮤엘 베케트의 말이 옳다. 우리는 다 모르는 대타자의 품에 안겨 춤추는 중이다. 당신이 누구냐고 묻는 건 삶의 규칙에는 어긋나는 일이다.

29

가수 조영남은 소설가 이제하가 부른 '모란 동백'에서

소설가의 경상도 발음 뜨돌다 뜨돌다를 표준 발음 떠돌다로 고쳐

부르면서 자기 장례식에서 불러달라고 했다 음악 마니아인

소설가 무라카미 하루키는 죽을 때는 음악 없이 조용히

가는 것이 좋겠다고 말했다

시를 썼으니까 막판에 어떤 시를

읽어주면 좋겠냐고 누가 물어준다면

나 역시 시 한 줄 없이 조용히 가는 게

좋겠다고 말하고 싶은데

내 어법이 아닌 거 같아서

차분하게 목소리를 깔고 짧게 말하겠다

시 따위는 치워줘

어제 쓴 시다. 어떤가. 괜찮군. 국가 지정 노인의 관용으로 자평한다. 늙은 시인과 늙은 독자들에게는 쉽게 읽힐 것이고 쉽게 그들의 내수면에 가 닿을 만한 시다. 고리타분하다고 평하는 독자가 있다면 커핏값을 대신 지불할 용의가 있다. 당신이 선택하는 디저트도 포함된다. 내 시가 고리타분하다는 것은 꾸욱 참을 만하다. 매우 그렇다. 시라는 용어, 장르 자체가 신선성을 상실했다는 현실을 참아내기 힘들다. 시가 누군가에 의해 혹은 당신에 의해 혹은 나 같은 노인에 의해 지속적으로 가스라이팅되고 있는 건 아닌가. 성추행이 아니라 시추행이 벌어지고 있다. 여기저기서. 시 따위는 치워줘. 오랜만입니다. 맛있는 커피가 들어왔습니다. 페루의 주인남이 다가와서 말했다. 나는 그를 쳐다보며 예가체폐요? 하고 낮게 웃었다. 오늘 따라 살바도르 달리 수염이 해학적이다. 그는 실용철학개론서의 뒷표지 같은 표정을 거느리고 자기 위치로 돌아갔다. 내 표현은 정작 페루의 주인남과는 상관이 없을지도 모른다. 커피가 왔다. 이건 랭보가 좋아했다는 모카 하라입니다. 오늘의 추천 커핍니다. 커피를 내려놓고 돌아서는 주인남에게 물을까 하다 입술을 닫았다. 헤밍웨이는 어떤 커피를 좋아했을까. 멀리 가지 말자. 지젝은 헤비한 커피를 마셨을 것 같다. 탄자니아, 우간다, 르완다를 하루에 대여섯 잔씩 바꾸어 마시며 환상의 돌림병 같은 책을 단숨에 썼을지도 모른다. 이럴 땐 준이 떠오른다. 그가 오늘 항구에 나타날지도 모른다. 구면의 준이 오랜 지기처럼 느껴진다. 준이 앉아서 술잔을 들던 항구 근처를 내려다 봤다. 예상대로 거기 준이 앉아 있지는 않았다. 누가 앉아 있지만 준의 모습은 아니었다. 좀 나갔다 올게요. 커피도 한 모금만 입에 대고 그대로 페루의 계단을 내려왔다. 나무계단의 삐걱이는 잡음이 다정했다. 준이 앉아 있던 자리로 다가갔다. 등을 보이고 그러니까 항구를 바라보며 앉은 사람은 놀라워라 준이 아니라 전에 본 적 있는 63세로 보이는 그 여자였다. 세상에 이런 일이. 모른 척 하고 돌아서고 싶은 생각이 드는 순간 63세가 말했다. 앉으세요. 마치 기다리고 있었다는 듯이. 대본에 있었다는 듯이. 부드럽지만 단호한 어조다. 저항할 수 없는 위력이 느껴졌다. 오늘의 소설은 이렇게 진행되는구나.

63세로 보이는 그 여자는
항구에서 두 번, 광화문에서 한 번 마주쳤던 미스테리한 그 여자였다.

63세는 그때마다 다른 옷을 입었고 의상만큼이나

다른 사람으로 보였다. 인생관도 세계관도 삶의 배후도 다른 사람으로 보였다. 다른 여자가 다른 옷을 걸치고 다른 생각으로 다른 장소에 나타났다고 해야 옳다. 오늘은 의상부터 전혀 다른 배역이다. 엷은 청색이 감도는 바지차림이었는데 엉덩이 쪽은 펑퍼짐하다가 발목 쪽으로 내려오면서 서둘러 좁아지는 바지였다. 엷고 가볍게 보이는 흰색 남방이 청색계열의 바지를 차분하게 진정시킨다. 63세 여자의 옷차림은 몇 번 보았던 이미지와는 반대편의 밝은 느낌을 준다. 나이도 63세가 아니라 53세쯤으로 보인다. 53세는 레이먼드 챈들러가 묘사했던 금발의 유형 가운데 어디에 속할까 생각해봤는데 도저히 가늠되지 않았다. 금발 유형의 특성들을 다 가지고 있지만 어느 하나도 표나는 것이 없어 보인다. 앉으세요. 53세가 말했다.

"준은 오지 않을 겁니다." 오지가 단정적으로 말했다.

"어떻게 아세요?" 내가 말했다. 그렇게 말하는 53세의 몸에서는 그 나이보다 분명하고 맑은 정신이 뿜어졌다. 53세는 항구에 매여 있는 배들을 먼 눈으로 스캔하고 있었다. 앉음새에서 묘한 자부심의 빛이 뿜어져 나왔다. 테이블 위에 올려져 있는 여자의 손은 많은 언어를 함축하고 있었다. 나의 추리는 생략.

"예감은 틀리지 않는다. 제 예감입니다." 예감이 말했다.

"줄리언 반스도 아니면서." 내가 말했다.

"틀린 적이 없거든요. 내기 하실래요?" 내기가 말했다.

"내기를 잘 못합니다." 내가 어눌하게 말했다.

"작은 게임이지요." 게임이 말했다.

"술 사기 같은 거요?" 내가 상투적으로 말했다.

"전 술은 안 마십니다." 술이 말했다.

"술이 건강을 해친다는 의학적 소견도 많더라구요." 내가 말했다.

"술보다 마약이 좋아요." 마약이 말했다.

"마약." 나는 내 이름을 되뇌듯이 스타카토 식으로 말을 곱씹었다.

"믿지 마세요." 믿지가 말했다.

"하나 물어봐도 되겠습니까?" 내가 망설이며 물었다.

"얼마든지요." 얼마든지가 말했다.

"실례지만 누구세요?" 내가 말했다.

"눈앞에 있는 사람을 두고 누구냐고 물으시네요." 눈앞이 말했다.

"우린 서로에 대해 아는 게 없습니다." 내가 말했다.

"전철 임산부 자리에 앉은 70대 쩍벌남의 세계관이군요." 쩍벌남이 말했다.

"아흐, 죄송했다면 사과드립니다." 내가 말했다.

"궁금하세요?" 궁금이 말했다.

"10초 전에 궁금증이 사라졌습니다." 내가 말했다.

"저는 허균의 사생압니다." 사생아가 말했다.

"나는 수로부인에게 꽃을 받치던 노인의 양아들입니다." 내가 말했다.

"확실히 그렇게 보입니다." 확실이 말했다.

"믿고 싶습니다." 내가 말했다.

"믿을 게요. 믿고 싶어요. 성생님, 기념으로 오늘 고래 한 마리 잡아주세요." 고래가 말했다. 그때 53세가 주문한 소주 한 병과 맥주 세 병이 왔고 늘 시켰던 대로 종합적인 회가 접시에 담겨 테이블 위에 놓였다. 53세가 흰손으로 술병과 안주와 술 잔과 흩어진 생각을 정리하며 내 앞에 있는 컵에 술을 따랐 다. 소주와 맥주의 블랜딩이다. 한 잔 하시지요. 저는 맥주 반

컵만 마실래요. 자. 위하여. 쨍.

"뭘 위하여 건배하는 겁니까?" 내가 물었다.

"코로나를 위하여!" 코로나가 말했다.

"우한 폐렴인데." 내가 말했다.

"우한 폐렴을 위하여!" 우한이 말했다.

"하나 더 물어볼까요? 실례가 아니라면." 내가 말했다.

"가차없이 대답할게요." 가차가 말했다.

"어디 사세요?" 내가 말했다.

"페루." 페루가 말했다.

더 이상 물어볼 게 없었다. 53세는 맥주컵을 들어 반의 반을 홀짝 마신다. 컵을 내려놓으면서 53세가 묻는다. 저 배는 이름이 뭐예요. 53세가 항구로 들어오는 입구 쪽에 붙박여 있는 배를 가리켰다. 배라고 했지만 작은 배를 실어 나르는 운반선 같기도 하고, 항구 바닥을 청소 중인 선박으로 보이기도 한다. 물 위에 떠 있으니 배라고 표현했지만 아무래도 부정확한 추측일 뿐이다. 나는 모르는 일에 대해 아는 척 하려고 애쓰는 중이다. 그런 생각을 하고 있는 사이에 53세는 내 잔에 다시 술을 붓고 있다. 금방 했던 질문은 관심 껐다는 표정이다. 답변을 요하지 않는 질문에 대답을 궁리하는 중이다. 눈치 없는 헛짓이다. 이게 나였을 것이다.

"저는 성생님 알아요." 성생님이 말했다.

"나도 댁을 좀 압니다." 내가 말했다.

"저를 아시다니요? 말이 되는 말씀을 하세요." 말씀이 말했다.

"최근에 광화문 지하도에서 김소월 신작 시집 주고 갔잖아요? 맞지요? 또 그 전에는 바로 이 자리에서 내가 준과 마시고 있을 때 누나라고 엄마라고 부르라고 했잖아요. 딱 그만큼만 아는 겁니다." 내가 말했다.

"성생님 지금 무슨 말씀을 하는지 모르겠습니다. 저는요, 오늘 이곳에 처음 온 거예요. 그리고 광화문은 무엇이고 김소월 신작 시집은 또 뭐랍니까. 참 외로운 말씀을 하시네요." 외로운 말씀이 말했다. 내가 지금 소설 속에 들어왔구나. 그 순간 퍼뜩 일어난 생각이다. 나는 지금 소설 속 인물을 연기하고 있다. 등장인물이 소설 자체에 대해 의심을 가지면 소설을 쓰는 사람이 혼란스러워진다.

"이거 한 점 먹어도 돼요?" 한 점이 물었다. 53세가 광어회를 한 점 집었다. 맛있다. 그렇게 외치듯 말했다. 이거 자연산일까요? 그렇겠지요. 설마? 자연산은 귀하다던데요. 그럼 양식일 겁니다. 이 동네서도 양식하나요? 글쎄요. 잘은 모르지만 양식장 있다는 소리는 못 들어봤습니다. 그럼 자연산이겠네. 양식장에서 사왔을 겁니다. 잘은 모르지만. 성생님은 잘 아는 게 뭐예요? 시? 시는 잘 모릅니다. 시인이 시를 모른다? 모르니까 쓰고 있습니다. 괜히 멋있는 척 하는 거죠. 시인들은 언어로 사기를 치는 직업군이잖아요. 그렇습니다요. 사기를 치려면 제대로 확실하게 쳤으면 좋겠어요. 저는 그런 시인이 좋아요. 가령, 저 같은 사람입니까? 아니오. 성생님은 가면이 없어요. 자기 가면을 자기가 쓰고 시를 쓰십니다. 그렇군요. 그건 지적 얘긴데요. 아무튼지요. 그게 성생님 시 같아요, 잘은 모르지만. ㅎㅎ 저도 성생님 흉내를 내네요. 자기 얘기를 자기 얘기처럼 쓰는 소설가도 있습니다. 박완서지요. 아시는군요. 얘기의 방향을 바로 잡아주세요. 사기를 치려면 똑바로 치자 이겁니다, 제 말씀은요. 암요, 그래야지요. 은유니 상징이니 이미지니 하는 거 있죠. 그 구닥다리 같은 개념에 얽매여서 시를 쓰고 가르치고 심지어 평론하고 그러는 거 따분합니다. 독자가 보기에는 헛발질이에요. 그래도 그게 시의 근본입니다. 할 수 없는 건 할 수 없는 겁니다. 성생님은 한가로운 소리를 하십시오. 한물 간 문학창작과 강의실 같은 소리는 접으시는 게 북남통일을 앞당기는 길이 될 겁니다.

"성생님 시집 여러 권 냈지요?" 시집이 말했다.

"네." 내가 말했다.

"저도 읽은 시집 있어요." 읽은 시집이 말했다.

"감삼다." 내가 말했다.

"뭐가요? 제가 성생님 시집 읽었다는 거요?" 뭐가 말했다.

"네." 내가 말했다.

"말은 맞네요. 감사하실 일이지요. 그래도 성생님 시는 좀 재밌어요." 재미가 말했다.

"감삼다." 내가 말했다.

"성생님은 좋아하거나 존경하는 시인들이 없는 거 같던데?" 존경이 말했다.

"작고 시인은 대체로 존중하는 편입니다." 내가 말했다.

"질투할 시인이 한 명 줄었다는 뜻도 되겠지요." 질투가 말했다.

"죽었다는 사실만으로도 위대하지요." 내가 말했다.

"오늘 말씀 중에 모처럼 귀에 남는 말이네요." 귀가 말했다.

"감삼다." 내가 말했다.

"술은 그만하시고, 커피 마시는 건 어때요?" 커피가 말했다.

"요 뒤에 페루라는 커피집이 있습니다." 내가 말했다.

"그리로 가실까요? 가짜 시인님. 나는 언제나 항상 가짜가 좋아요. 진짜는 진짜 지겨워. 지들이 무슨 진짜라고. 아유, 역겹고 지겨워." 진짜가 말했다.

53세와 나는 항구를 한 바퀴 돌았다.

누가 보면 삼촌과 조카처럼 보였을 것이다.

그 정도의 외형과 거리를 유지하면서 53세와 나는 페루에 들어섰다.

실용철학개론서 뒷표지 같은 주인남은 보이지 않고 대신 전에 예가체페를 권하던 마흔 다섯 살로 보이는 알바녀가 우리를 맞았다. 내가 알은 체를 하며 인사했는데 알바녀는 인사는 받았지만 건성이었다. 일상적이고 행정적인 태도였다. 굳어진 직업윤리일 것이다. 53세와 내가 자리에 앉고 알바녀가 다시 왔다. 사장님은 어디 가셨나요? 내가 먼저 물었다. 오늘은 안 나오셨어요. 알바녀가 말했다. 아까 내가 여기 왔다 갔는데 사장님 있었거든요. 내가 말했다. 오늘은 아침 열시부터 제가 쪽 서빙하고 있어요. 알바녀가 말했다. 그럼, 내가 본 아까 그 남자분은 누구지? 내가 말했다. 이런 말 하기는 좀 그런데요. 싸장님은 사모님이 가출해서 찾으러 가셨어요. 그래서 제가 서빙하고 있고요. 알바녀가 말했다. 저 기억 안 나세요? 내가 말했다. 저는 오늘 여기 처음 일해요. 커피 어떤 걸로 드릴까요? 알바녀가 담담하게 말했다. 예가체페 되나요? 내가 말했다. 예가체프는 있고 예가체페는 없는데요. 오다가다 예가체페를 찾는 손님이 있긴 있어요. 오늘은 이르가체페가 좋은데요. 드릴까요? 알바녀가 말했다. 이르가체페 두 잔 주세요. 얼른 53세가 말했다. 알바녀가 주방으로 돌아갔다.

"예가체프와 예가체페, 이르가체페는 다른가요? 53세가 말했다.

"다르지요." 내가 말했다.

"품종이나 생산지가 다르다는 말씀인가요?" 품종이 말했다.

"잘은 모르지만 이티오피아의 현지 발음이 다른 걸로 압니다." 내가 말했다.

"성생님다운 발상인지 아닌지 가늠되지 않네요." 가늠이 말했다.

"말에 걸려 헛바퀴를 돕니다. 저는 제 운명이." 내가 말했다.

"성생님 시 쓰는 일 지겹지 않으실라나. 나 같음 그렇겠네." 지겹지 않으실라나가 말했다.

"지겹다는 사실을 계속 쓰고 있는 거지요." 내가 말했다.

"새로움은 아니고요?" 새로움이 말했다.

"새롭다는 착각은 누구나 하는 겁니다." 내가 말했다.

"시인을 공인이라 착각하는 사람들도 있더군요. 시인조차도요. 공인은 연예인에 대한 통칭이잖아요. 웃기는 거 맞지요?" 웃기는이 말했다.

"공중을 딛고 사는 존재라는 뜻이라면 시인은 확실한 공인일 겁니다." 내가 말했다.

"『또 이따위 레시피라니』라는 책이 있어요. 심심할 때 읽기 좋은 책이죠. 줄리언 반스가 썼어요." 반스가 말했다.

"이름이 재미있어요." 내가 말했다.

"반스가 요리에 관한 책을 썼는데 우리나라 소설가나 시인들은 왜 이런 작업을 하지 않나 모르겠어요. 전혀 없는 건 아니겠지만. 거기 보면 요리책을 사 모으는 사람들에게 하는 조언이 있어요. 화보를 보고 책을 사지 말 것, 지면 배치가 복잡하고 화려한 요리책은 사지 말 것, 범위가 넓은 책은 피할 것.

세계의 일품 요리 같은 책 또는 범위가 너무 좁은 책도 피하라고 조언했어요. 예를 들어 경이로운 와플 같은 것. 재밌잖아요. 집에 주스기가 없으면 주스 책을 사지 말 것. 마지막 조언 때문에 제가 이 말을 장황하게 꺼낸 거예요. 요리책 저자는 다른 분야의 저자들과 다를 게 없다는 사실을 기억할 것. 대다수는 평생 써야 한 권 분량밖에 쓸 것이 없다는 것. 그중에는 애초에 책을 내지 말았어야 하는 이들도 있다. 어때요? 재밌잖아요?" 재미가 말했다.

"뜨끔합니다." 내가 말했다.

"어느 대목이요?" 대목이 말했다.

"범위가 너무 넓다거나 좁다는 말도 뜨끔하고요. 평생 한 권 분량밖에 쓸 것이 없다는 건 요리책 저자에게만 해당되는 게 아니라는 대목." 내가 말했다.

"책을 내지 말았어야 할 사람에는 속하지 않으시나?" 책이 말했다.

"파도소리가 여기까지 올라오는군요." 내가 말했다.

"한 권 분량을 훨씬 초과하신 저작활동에 대해 제게만 변명해보세요." 변명이 일부러 관용적 표정을 지으며 말했다.

"그럼 용서해주시는가요?" 내가 말했다.

"웃지요." 웃음이 말했다.

"솔직히 말할게요. 사실 내가 시를 많이 쓰고, 시집을 많이 내는 이유는 시에 대한 욕망 때문이 아닐 겁니다. 한 권 분량에 담을 절제심이 없어서 그렇기도 하거니와 아무도 내 시를 눈여겨 읽지 않는다는 초조감을 스스로 해방시키기 위한 자구책이기도 합니다. 다시 말해 오기 같은 것이지요. 누군가 읽을 때까지 쓰자는 문학적 자력갱생." 내가 말했다.

"이 커피 드셔보세요. 이르가체페가 예가체프보다 나은 거 같아요." 이르가체페가 말했다.

53세가 바다를 내다본다.

눈빛이 항구를 닮는다.

나는 이르가체페를 입술에 적신다. 커피의 귀부인.

구수하고 깔끔한 맛이 입안을 장악한다. 잠시 화장실 좀 다녀오겠습니다. 그러세요. 휴가철인데 정부의 사회적 거리두기 2.5단계 발령으로 바닷가는 쥐죽은 형국이다. 한산해서 좋지만 장사하는 사람들은 죽을 지경이다. 일년 동안 기다려온 날들이 소용없이 지나가고 있다. 화장실을 다녀오니 53세는 보이지 않았다. 테이블 위에는 내가 마신 잔 하나만 놓여 있다.

저기요, 여기 앉았던 여자 손님 어디 가셨나요? 처음부터 손님 혼자 오셨는데요. 그래요? 아닌데. 보세요. 커피도 예가체폐 한 잔만 시키셨어요. 이르가체페가 아니고요? 예가체펩니다. 손님. 카운터로 돌아가는 알바녀의 등에서 눈을 돌려 카페 창밖을 내다봤다. 세계의 일품요리처럼 범위가 아주 넓은 파도가 밀려오고 있다. 바닥에 조금 남아 있는 커피를 마저 마셨다. 식었지만 이르카체페는 간신히 자기 맛을 보여주느라 애썼다. 내가 지금 뒤죽박죽이 되고 있다. 뭐가 뭔지 모르겠다. 금방 내 앞에서 대화를 나누던 53세 여자는 어디로 갔는가. 이르가체페를 권하는 알바녀의 존재는 또 무엇이란 말인가. 그녀는 전에 페루에서 만난 적 있고, 그때도 주인남이 집사람이 가출해서 찾으러 갔다고 말했다. 오늘도 주인남의 행적에 대해서는 같은 이유를 대고 있지만 페루에는 처음 나왔다고 말하는 것은 이해할 수 없다. 주인남은 결혼한 사실이 없다고 준이 말한 것도 떠오른다. 나는 길을 잘못 들어서서 헤맬 때의 혼란과 당혹감을 느끼고 있다. 53세 여자는 광화문에서 보았고, 항구에서 준과 함께 두 번이나 만났던 여자다. 다만 오늘의 모습은 확실히 젊어 보였다는 점이 다르다면 다르다. 혜화역 지하도에서 하모니카 불며 버스킹을 하던 양병집 닮은 사내는 정말 양병집일까. 이 모두 헛것인가. 갑자기 나도 의심스러워지기 시작한다. 내가 나라는 사실. 내가 여전히 나라는 확인. 내 안의 어딘가가 무력하게 무너지는 소리가 들린다. 나는 내가 아니어도 좋다. 내가 나일 필요는 없다. 그건 일종의 강박증이다. 소나무가 소나무라는 사실 자체에 집착하지 않고 사철 푸른 것처럼 자기 확인에 연연할 필요가 있을까? 커피 한 잔 더 드릴까요? 알바녀가 물었다. 다시 보니 알바녀는 45세보다 더 성숙해 보인다. 오늘 들여온 커피들이 있거든요. 나는 한 20%가량 정신이 혼미한 사람이 되어 알바녀의 헤어스타일을 쳐다보았다. 귀밑을 가리면서 출렁거리는 볶은 머리의 물결이 알바녀를 나이보다 성숙하게 만든다. 커피는 그만 마시겠습니다. 나는 해가 지기 시작하는 페루의 2층 계단을 밟고 내려와 길을 건넜다. 길 건너는 항구의 부둣가다. 53세 여자와 술을 마셨던 그곳이다. 술을 마셨다고 여겨지는 장소라고 고쳐 말해야겠다. 생각해보니 그날그날의 현실이 한바탕 꿈자리다. 순간순간 꿈을 꾸고 꿈을 깨면 다시 다른 꿈 속으로 들어간다.

들어오세요. 매일이 꿈입니다.

기나긴 꿈 속의 화자인 나도 꿈 속을 헤매는 중이다.

30

내 앞에 사진 한 장이 있다.

sns에서 본 사진인데 출처는 모르겠다.

백발의 할머니가 담벼락에 사다리를 걸쳐놓고 검은 페인트로

크게 글씨를 쓰고 있는 뒷모습이다. 그녀가 쓴 문장은 I ♡ Jazz다. 뒷모습에 박혀 있는 시간의 흔적은 어림잡아 75년 이상을 산 사람의 것이다. 한 장의 흑백사진이 내게는 왜 다정하게 눈에 들어왔는지 모르겠다. 연대감일까. 그럴 수도 있겠다. 그런 단순한 해석보다는 더 깊숙한 무엇이 작동하는 것 같다. 아이 러브 재즈. 저 연세까지 자기 삶을 사랑하고 삶에 저항하는 모습이라니. 간신히 벽에 붙어서서 한 손에는 페인트통을 들고 오른팔을 높이 쳐들어서 머리 위로 자신의 신념을 새기고 있다. 그때, 삶이 그녀의 흰머리 위로 지나간다.

내가 직접 겪은 다큐멘터리 한 토막.

이 내용은 실화에 근거하며 각색이나 재구성된 것이 아님을
유념해주길 바란다. 어느 한 날 아내가 동네에

팬찮은 북카페가 생겼다고 알려주었다. 아내는 꽤 중요한
정보를 귀띔한 셈이다. 나는 크지 않은 기대를 품고 반바지에
슬리퍼 차림으로 북카페를 찾아갔었다. 마흔을 막 넘겼을까
아니면 아직 한두어 해 남겨 둔 것으로도 짐작되는 북카페
주인녀가 손님이라기보다 물리쳐야 할 잡상인을 쳐다보는 눈
길로 말했다. 여기는 어르신 같은 사람이 오는 데가 아닙니다.
다시는 오지 마세요. 북카페 주인녀의 선언이다. 거기다 대고
나는 시쓰는 사람이라는 말을 하지는 못했다. 차마라는 부
사어가 어딘가 추가되어야 겠으나 나는 그 부사어를 포기한
다. 내가 시인이라는 대사를 쳤다면 주인녀는 뭐라고 했을까.
그래서요? 이런 대답이 돌아올 수도 있었겠지만 그러니까 더
오지 마세요. 아시겠어요. 이렇게 반응했을 것 같다. 참, 즐거
운 날이었다.

31

시인은 언제 웃는가.

화면에 문자를 박아 넣고 가만히 바라본다.

저 문장이 어쩌면 무언가를 내게 돌려줄 것 같은 느낌이 온다.

아직은 아무것도 진행되지 않는다. 생각이라는 게 이렇다. 시작은 던져졌으나 거기서 나아가지 못하고 멈추어 있다. 시의 한 줄이 될 수도 있고, 소설의 첫 줄이 될 수도 있다. 아마도 에세이의 시작이 될 개연성도 있다. 무엇이 되든 될 것이지만 저 문장이 왜 내게 왔는지 궁금하다. 웃어본지 오래 되었다. 웃는 법을 잃고 사는군. 웃음의 수로(水路)가 막혀 버렸다. 웃고 싶다. 이 순간 내게 케이크 같은 한 조각 웃음이 떠올랐다. 내 책의 직거래 영업을 개시하던 날 지하도에서 만났던 차이가 했던 말이다. 다음 대통령은 누가 유력합니까? 차이가 물었고 나는 점쟁이가 아니라서 모르겠다고 대답했다. 차선생은 누가 될 것 같나요? 그렇게 내가 되물었더니 그는 한참 말을 씹다가 대답했다. 방탄소년단. 차이가 뱉은 말이다. 우리는 같이 공허하게 웃었다. 내 안에 있던 정치적 무의식이 모두 휘발되는 순간이었다.

혜화역 통로에는 차이가 없었다.

혹시나 했던 추측은 어긋났다.

이제 그를 다시 만나기는 어렵다고 생각했는데

충무로의 넓은 환승통로에서 그를 다시 만났다. 그건 순전히 우연한 사건이다. 차이는 청바지에 잿빛 티셔츠를 걸치고 참선 자세로 앉아 있었다. 그는 얼른 나를 알아보고 앉은 채로 손을 내밀어서 악수를 청했다. 나도 반가워서 그의 손을 잡았다. 요즘은 이쪽으로 나오시나요? 내가 말했다. 대중없습니다. 책 영업은 안 하시나요? 영업이 말했다. 글쎄요. 내가 말했다. 그동안 내가 시인님의 시를 읽기도 했습니다. 시가 말했다. 쪽팔리는군요. 내가 말했다. 쪽스러운 일을 왜 한답니까? 쪽이 말했다. 설명으로 설명되지 않는 게 바로 시쓰기입니다. 돈이나 값싼 명예나 연애의 성업을 위해 쓰는 사람도 있다지만 나는 그런 깜냥에 미달하거든요. 시를 생각하고 쓰는 동안은 구원파가 됩니다. 그때뿐이라는 게 문제

이긴 합니다. 지속성이 없어요. 그러니 쓰고 나면 또 쓰게 된답니다. 내가 길게 말했다. 지하철 통로에서 뜻밖에 나는 정직해지고 있다. 놀라운 일이다. 나의 무의식도 놀라고 있다. 나는 벌판에 서 있는 느낌이다. 시인님의 생각을 이해할 듯도 합니다. 쓰는 순간마다 무언가가 해결된다는 뜻입니까? 해결이 말했다. 그렇지는 않습니다. 그렇지는 않습니다. 정말 그렇지는 않습니다. 어떤 무엇이 해결된다면 나는 글을 더 이상 쓰지 못하게 될 것입니다. 쓸수록 모호해집니다. 젠장이라고 해야 할지 빌어 먹을이라고 해야 할지는 생각해봐야겠습니다. 내가 말했다. 섹시하군요. 선생의 작업은 개뿔입니다. 문학의 사당에서 조상들의 위패를 불태우고 싶은 거지요. 아닌가요? 문학적 가부장을 격파하고 싶은 거잖아요? 가부장이 말했다. 목소리를 낮추세요. 다른 사람들이 쳐다봅니다. 본인의 욕망을 창조하는 겁니다. 내가 제일 싫어하는 말이 시를 잘 쓴다는 말입니다. 그것은 남의 비위를 잘 맞춘다는 뜻에 다름 아닙니다. 내가 말했다.

"나는 일주일에 한두 번 아르바이트 하듯이 여기 나옵니다."아르바이트가 말했다.

"차선생이 시인이오. 하수들이 문자를 주물럭거리고 있지

212

요." 내가 말했다.

"왜곡입니다. 나는 시가 뭔지 모른답니다." 왜곡이 말했다.

"시의 본질은 왜곡입니다." 내가 말했다.

"잘은 모르지만 그 말씀은 왠지 그럴 듯 합니다." 왠지가 말했
다.

"잘은 모르지만 지금 우리들이 읽고 있는 것은 시가 아닙니
다. 이름이 시지요."

내가 말했다.

"좋은 시는 시를 가지고 있지 않겠군요." 좋은 시가 말했다.

"그럴 겁니다. 아마도." 내가 말했다.

"시가 망했다고들 하던데요." 시가 말했다.

"망한 적이 없습니다. 애초에 없는 거니까요. 망했다고 말한
사람만 망했지요." 내가 말했다.

"나는 시인 정곡을 좋아합니다." 정곡이 말했다.

"그야말로 듣보잡이군요." 내가 말했다."

"없는 시인입니다." 없는 시인이 말했다.

32

빗소리에 눈을 뜬다.

소설의 내레이터는 부지런해야 한다.

그렇지 않으면 소설이 전개되지 않는다.

나는 나의 화자에게 근면성을 촉구한다. 잠자리에서 간밤의 뉴스와 기상뉴스를 검색한다. 별일 없다. 별일 없는 별일들이 여전히 인터넷 포털을 메우고 있다. 정부는 집값 대책을 내놨고, 야당은 실효가 없다는 성명을 냈다. 물난리에 인명 피해 소식이 들려오고 대통령이 소파에 앉아 독서하는 사진이 공개되었다. 무슨 책을 읽고 있을까. 사천항을 떠도는 고양이 거미는 잘 있는 건가. 녀석의 철학적 표정이 궁금하다. 왜 이 대목에서 고양이가 떠올랐을까. 나는 화장실에 가서 소변을 보고 간단히 세수를 한다. 정신을 차려야 한다. 거울에 내가 박혀 있다. 나라고 믿을 수 없는 내가 거울 밖의 나를 쳐다보고 있다. 흥. 나는 당신이 궁금하지 않다. 나는 수건으로 얼굴을 닦고 책상 앞에 앉았다. 지난 밤에 마시다 남겨 둔 커피를 마신다. 이제부터 직업인처럼 글을 써야 한다. 직업인이라는 말은 어색하지만 글쓰기에 대한 집중도를 스스로 가리키는 뜻이다. 시인을 직업이라 간주하는 것은 간주일 뿐이다. 직업이 아니며 직업이어서도 안 된다. 시는 열심히 실패하는 사람들의 필연적 소산이다. 그것은 언어적 실패에만 한정한다. 인생 실패는 종교에 귀의하면 해결된다. 가성비 낮은 시를 꾸역꾸역 쓰면서 문화적 가면을 쓰고 있는 시인들이 얼마나 많은가. 이쯤에서 커피 한 잔. 남의 얘기 할 때가 아니다. 나는 모처럼 시를 쓰고 싶어서 컴을 켜고 화면을 바라보고 있다. 노려본다거나 응시한다는 말도 있지만 바라본다라는 말을 선택한다. 그 말이 내 시의 언어적 태도에 적합성이 있다고 본다. 내 말에 동의하는 독자는 내 시를 차분하게 읽어본 분이다. 오늘 따라 시가 잘 타이핑되지 않는다. 줄줄이 오타가 나온다. 시가 나오지 않는 날이다. 그런 날이 있다. 시가 나온다는 말은 현대시의 개념으로는 부적절하다. 시라는 물건이 오토메이션의 산물처럼 여겨지기 때문이다. 그럼 쥐어짤까. 주워 모을까. 갖다 붙일까. 해석 불가의 시를 쓰는 시인이 자신은 정작 누군가의 따뜻한 서정시를 즐겨 읽는다. 쓰기는 시대착오적 서정시를 자기 시의 간판으로 삼고 있으면서 하이테크적인 시를 애호하는 시인도 있다. 시에 대한 균형감각일 것이다. 오성급 호텔의 양식 주방장이 집에서 먹는 저녁 식사는 의외로 단순한 된장국이나 김치찌개이기 쉽다. 해보는 말이다. 시가 쓰여지지 않아서 구시렁거리는 중이다. 그러다보면 손가락 끝이 근질거리며 시가 내려오기도 한다. 안녕하세요. 지나가다 들렀습니다. 안부 겸 들렀으니 신경쓰지 마세요. 시는 청탁 없이 책상에 앉아 자판을 두드리고 있는 내가 딱했을 것이다. 그것은 시를 위한 헌신이 아니라 시인이라는 허명과 주변인의 의례적인 덕담에 호응하기 위한 노동은 아니었는지 자문한다. 이것은 물론 내 기준이고 나에게만 적용되는 잣대이기에 두루 통용되는 원칙일 수는 없다. 단골 칼국수집 주인이 자신의 환갑 축하시를 써달라며 착수금으로 5백만원을 보내온 적이 있다. 시가 완성되면 잔금 5백만원을 주겠다고 했다.

자신이 장사를 하는 동안 칼국수는 1회 2인까지 공짜라고 했다. 거짓부렁이다. 시는 직업이 아니고, 문화적 첨병도 아니고, 시대의 나침판이나 한 사회의 성감대가 아니라는 말을 이리저리 해봤다. 언어적 심심풀이가 적당하겠다. 이 정도에서 반복되는 나의 상투적 관용구를 기입하겠다. 소설이 읽는 장르라면 시는 쓰는 장르다. 쓰는 당사자의 욕망에 충실하면 끝이다. 커피를 다 마시고, 특집 빗소리를 몇 번 더 반복해서 들은 뒤에 내가 호명하지 않은 시 한 줄이 왔다. 뀌고 보니 방귀라던 말처럼 쓰고 보니 시다. 시가 아닐 수도 있다. 그건 이미 내 문제가 아니다.

진종일

금토일월화수 아니 며칠이야?

거의 일주일을 비가 온다

특히 밤시간대

여름날 산사의 마루 끝도 아니고

허름한 선잠 속에서 빗소리 듣는다

그러시다가 길을 놓치고 만다

너무 깊이 들어왔나 봐

나가는 길을 못 찾겠어

이 독한 꿈살이 골목길이라니

경자년 팔월 밤빗소리 기념하기 위해

미지근한 손으로 시를 쓰고

각주도 달아보았다

내 시 읽지 않으신 분들

가던 길 살펴 가세요 꾸벅

33

가끔 생각한다.

가끔 그 생각들을 지워버린다.

생각은 생각으로 이어지고 연결된다. 환유적이다.

바닷가에서 만났던 준, 전철역 지하도에서 만난 차이, 63세 여자, 페루의 주인남, 43세의 알바녀, 예가체페, 거미, 항구의 소규모 어선들, 파도, 갈매기 서너 마리, 요양원 아버지, 정소설가는 이혼했을까, 시, 오지 않는 전화, 팔리지 않는 산문집, 현대시 세미나, 독서 중인 추리소설 『기나긴 이별』 등이 차례대로 혹은 순서 없이 머릿속을 오락가락한다. 상념들은 한 시간 전에 일어난 일처럼 가깝게 느껴지지만 한편으로는 오래전 일인 것처럼 멀게 생각된다. 오늘 저녁엔 매콤한 비빔면이 생각난다. 어둑한 관념들이 물수건으로 닦아놓은 유리창처럼 맑아질지도 모른다.

하루가 저무는 시간이다.

오늘도 여지없이 종일 빗소리 특집이다.

습기가 온몸을 파고든다. 젖은 생각이 펄럭인다.

나는 나의 시를 다 쓴 것일까. 습관적으로 또는 규범적으로 붙이던 물음표는 생략한다. 나의 무의식이 승인한다. 내가 시를 다 지나온 것인가. 시가 나를 지나간 것일까. 이런 의심은 중요한 대목을 비켜갔다. 시는 오고가는 물건이 아니다. 거기 있는 것이다. 언제나 그 자리에 그냥 있다. 우리가 보지 못할 뿐이다. 이론적으로 볼 때는 이론만 보인다. 에드가 앨런 포의 도둑맞은 편지처럼. 그때 휘파람 소리. 내 핸드폰 벨소리다. 여보세요. 성생님. 정소설가다.

"별일 없으시지요?" 별일이 말했다.

"없어." 내가 말했다.

"저 생생님 혹시 준이라는 분 아세요?" 혹시가 말했다.

"만난 적 있는데 잘 아는 건 아니고." 내가 말했다.

"며칠 전 사천항 페루에서 행사가 있었습니다. 거기서 인사를 나눴는데 성생님 안다고 했습니다." 페루가 말했다.

"무슨 행사?" 내가 말했다.

"페루 3층이 공연장이잖아요. 거기서 부정기적 공연이 열리는데 그날은 양병집 가수가 공연했습니다." 공연이 말했다.

"그래? 좋았겠네." 내가 말했다.

"다들 좋아라 했습니다. 제 세대는 아니지만 그 이상으로 괜찮아서 삘받았습니다. 성생님도 오셨으면 좋았을 겁니다. 그날 보니 준이라는 분과 양병집 씨가 아는 사이 같았습니다. 서울에서 한번 만났다고 하데요." 서울이 말했다.

"그런가." 내가 말했다.

"양병집 씨가 버스킹을 할 때 준이라는 분이 옆에서 시집을 팔았답니다." 시집이 말했다.

"양병집은 대중의 환대를 이렇다하게 받아본 적이 없는 가수다." 내가 말했다.

"저도 풍문으로만 알던 분인데 노래는 좋았습니다. 한대수 같은 스토리텔링은 없지만요." 스토리텔링이 말했다.

"근데 왜 전화했어? 그 얘기할려고?" 내가 말했다.

"전화론 좀 그런데요. 준이라는 사람이 성생님 시를 씹더라구요." 전화가 말했다.

"씹어? 나처럼 불쌍한 사람을 씹다니." 내가 말했다.

"성생님 시가 구리고 맛이 갔다고 큰소리로 떠들었습니다. 지역문인들도 여럿 있었거든요. 술기운이지만 그렇게 말하는 건 아니었습니다." 술기운이 말했다.

"그 사람이 그렇다면 그럴 거야." 내가 말했다.

"진지함, 심각함, 고상함, 깊이 등 어느 하나 똑바로 가진 것이 없다고 힘주어 떠들었습니다. 시를 가볍게 생각하는 방식 자체가 성생님의 문제라고 비난성 발언을 했습니다. 양병집 선생이 말리지 않았으면 준이라는 사람 망신 좀 당했을 겁니다." 망신이 말했다.

"그 사람이 옳다." 내가 말했다.

"성생님이 그 말을 받아들일 분이 아니지요. 그들은 시적 기표가 고정되었거든요." 기표가 말했다.

"쉽게 말해." 내가 말했다.

"성생님은 그 사람이 떠드는 진지함, 심각함, 고상함, 시적 깊이 이런 걸 개무시하는 입장입니다." 개무시가 말했다.

"전화 들어온다. 근데, 이혼은 했어?" 내가 필요 이상의 큰 소리로 물었다.

34

우산을 받고 산책을 나섰다.

햇빛 속에 걷던 길을 불빛을 받으며 걷는다. 밤산책이다.

걷는다. 몸 속에 고여 있던 사념들이 출렁거리며 서로 자리를 바꾼다.

생각과 생각의 간격이 촘촘해진다. 어떤 생각은 좀처럼 움직이지 않는다. 나는 손으로 그 생각을 쓱 밀어본다. 딱딱하다. 손가락으로 튕겨본다. 아무런 탄력이나 융통성이 없다. 잘게 부서지지 못하고 굴러가는 내 시의 원천인지도 모른다. 여자밖에 가진 게 없는 여자, 사랑 밖에 가진 게 없는 사랑, 반동 밖에 가진 게 반동처럼 시 밖에 가진 게 없는 시도 있는가. 그때 편의점에서 새어나온 불빛을 등진 61살로 보이는 남자가 내게 물어왔다.

"리스본이 어딘지 아세요?"

"리스본이라구요?" 내가 말했다.

"네, 리스본." 리스본이 말했다.

"거긴 포르투갈이잖아요." 내가 말했다.

"이 골목이라고 들었거든요. 거기서 시낭송회가 있거든요." 시낭송회가 말했다.

"죄송합니다." 내가 말했다.

지금 상계동으로 돌아오는 사람들이 있고, 상계동에서 출발하는 사람들이 있다. 나름 다들 분망하다. 화장품과 꽃집, 핸드폰 가게와 노래방이 줄줄이 붙어 있는 골목길 가운데서 아직 입영 통지를 받지 않은 것으로 보이는 청년이 사람들에게 전단지를 나누어주고 있다. 내가 앞으로 다가서자 민첩하게 나를 건너뛰고 내 옆사람과 뒷사람에게 광고지를 준다. 그 약삭빠른 눈치와 손짓. 치사하다. 왜 나는 안 주는 거야? 어르신은 상관없는 겁니다. 뭔데? 지나가세요. 바쁘거든요. 나는 지나간다. 지나가는 사람. 과객. 정확하게는 지나간 사람. 그렇게 나는 지나갔다.

몇 걸음 더 앞으로 나아가는데 지하 노래방에서 노래가 흘러나온다. 다시 올 수 없는 그날이여. 이제는 잊어야지. 모두 다 꿈이라고. 며칠 전 갱년기에 접어든 것 같은 여성의 목청에 실린 노랫말이 내 몸에 와서 미끄러진다. 금방 전철에서 내린 사람들이 버스정류장에서 줄을 선다. 마을버스를 기다린다. 줄을 서 본 지 오래다. 무심코 나는 줄을 선다. 줄을 서면 안심이 된다. 기다림이 완성될 것 같은 기분을 즐길 수 있다. 내가 선 대열이 오늘 밤 나를 리스본으로 데려다 줄지도 모른다. 사람들이 점점 늘어난다. 아저씨도 리스본 행이시군요. 돌아보니 편의점 앞에서 리스본을 묻던 61살로 보이는 남자가 나를 보며 심도 있게 웃는다. 나도 약간 웃어준다. 11번 버스가 들어온다. 여기서 기다리면 리스본으로 가겠지. 항상 라캉에 대해 알고 싶었지만 감히 히치콕에게 물어보지 못한 모든 것을 생각한다. 그 순간에 버스가 와서 멈춘다.

35

　나는 상계역에서 출발하는 11번

마을버스를 타고 항구에 도착했다.

밤에 출발해서 일출이 끝난 시간에 도착했다.

　좀 특별한 날이다. 계속 비가 오는 날이다. 사람들은 마스크

를 쓰고 우산을 받쳐 들었다. 코비드19에 물난리까지 겹치면

서 온 나라가 온통 아수라다. 역사는 사라지고 현장만 남아

서 상연된다. 이 마당에 엊저녁을 말하는 사람이나 내일 아침

에 대해 떠들어대는 사람은 곤란한 분석가들이거나 회고가

들이다. 아무튼 나는 뜻밖의 순간에 뜻밖의 방식으로 사천항

에 나타났다. 말이 좀 안 되지만 나는 언제나 말이 안 되는 시

간과 공간을 살아왔다. 나는 차의 트렁크에서 우산을 찾아들

었다. 우산을 펴니 우산살 하나가 부러졌다. 우산은 활짝 펴

져도 살이 망가진 부분은 찌그러졌다. 망가진 우산을 들고 있

는 내가 비일상적인 인간으로 보였을 것이다. 나는 천천히 걸

어서 바다로 나간다. 비오는 바다는 침착하고 다소곳하다 차분하다. 어디서 틀어놓았는지 양병집의 '오늘 같은 날'이 흘러나온다. 타령조의 노래가 비오는 바닷가와 어울리다가 안 어울리다가 그렇다. 오늘 같은 날 비나 오구려 때 묻은 내 몸뚱이를 씻어주시게 비나 오구려 오늘 같은 날 지저분한 저 길거리를 씻어주시게. 바닷가는 정적이 넘쳐난다. 역병이 삶의 모든 내용과 형태를 뒤흔들어놓는다. 갈매기 몇 마리가 눈 앞 바위섬 위를 빙빙 돈다. 저게 저들의 삶인지 놀이인지 모르겠다. 저러다가 부리를 바다에 박고 무언가를 집어 올리는 것을 보면 놀이라고 단정할 수만은 없다. 저 멀리 눈끝이 간신히 닿은 곳에 배들이 지나간다. 거의 정지 모선이다. 북쪽에서 남쪽으로 방향이 잡혔다. 나는 망가진 우산을 잡지 않은 오른손으로 손을 흔들어주었다. 애쓰시네요. 갈 데까지 가 보시길. 멈추지 말 것.

해변을 돌아나오는데 페루 생각이 났다.

문을 열 시간은 아닌 듯 했지만 우정 한번 들러보기로 했다.

페루 앞에 왔다. 페루 앞에는 공중 화장실이 있고, 지붕에는 양미리 모양의 조형물이 설치되어 있다. 누구의 착상인지

애처롭지만 그러나 진정한 예술이라고 평가하면서 페루 계단을 오른다. 카페는 열려 있었다. 안으로 들어서자 항구가 보이는 창가에 누가 앉아 있다. 살바도르 달리의 수염을 달고 있는 주인남이었다. 그는 평소처럼 계산대 주변에 있지 않고 손님의 자세로 앉아 있다. 낯선 장면이다. 안녕하세요. 내가 먼저 인사를 던진다. 오서오세요, 성생님. 주인남이 어색한 표정을 지우며 말했다. 문을 일찍 여시네요. 내가 말했다. 영업 시작하기 전에 준비도 할 겸 조금 일찍 나왔습니다. 영업이 말했다. 주인남의 표정이 어두웠고, 눈가에 미처 닦여지지 않은 눈물의 흔적이 보였다. 우셨나 봐요? 내가 말했다. 네, 영업 시작하기 전에 가게에서 조금씩 우는 편입니다. 우는 편이 말했다. 그럼 손님이 더 많이 오는가요? 내가 말했다. 일종의 의식입니다. 의식이 말했다. 낡은 방법 같은데. 내가 말했다. 저는 구식이 좋습니다. 살아보지는 않았지만 1960년대 같은 느낌 말입니다. 1960년대가 말했다. 그런 게 있나요? 내가 말했다. 뭔가 두근거리던 분위기가 그때는 있었지 않나요? 분위기가 말했다. 1960년대가 두근거린 시대였는지는 모르겠네요. 내 생각엔 지금이 두근거리는 시대 같은데요. 내가 말했다. 지금의 두근댐은 초조와 불안이 브랜딩된 거고, 그때는 기다림 같은 것이 살아 움직이던 시대가 아니었을까요? 브랜딩이 말했다. 꽤나 순수하세요. 내가 말하자 그의 눈물자국이 희게 웃었다. 순수하다는 말의 속뜻은 지저분하다는 뜻 아니던가요? 지저분이 말했다. 그렇기도. 내가 맞장구를 쳤다. 순수는 재미없습니다. 순수가 말했다. 재미없으면 순수문학이 되겠지요. 내가 말했다. 주인남이 웃었다. 나는 웃지 않았다. 오늘은 웃고 싶지 않았다.

"오늘도 서빙하는 43세의 여자분 나오시나요?" 내가 말했다.

"오늘은 오후 늦게 나올 겁니다." 오후가 말했다.

"그분이 예가체페를 권하더라구요. 예가체프보다 맛나다고 하면서." 내가 말했다.

"제 집사람입니다." 집사람이 말했다.

"결혼하셨던가요?" 내가 놀라면서 말했다.

"네. 집사람한텐 비밀입니다. 서로 미혼인 척 하면서 살기로 약속했거든요." 비밀이 말했다.

"그런 내막이 있었군요." 내가 말했다.

"내막까지는 아닙니다. 재밌잖아요." 내막이 재미있는 표정으로 나를 보며 말했다.

"순수소설은 아니군요. 재밌습니다." 내가 말했다.

"커피 드릴까요? 집사람이 그러는데 성생님은 이르가체페를 좋아하신다고 들었습니다." 이르가체페가 말하면서 자리에서 일어섰다.

"이르가체프가 아닌가요? 내가 말했다.

"그것도 맞습니다. 보니까 성생님은 언어신경증 같은 게 있으세요." 언어신경증이 말하면서 도로 자리에 주저앉았다.

"언어를 믿지 못하는 병이지요. 병." 내가 말했다.

"대충 사세요. 저처럼." 대충이 대충 말했다.

"대충이 더 사람 죽이는 거 알면서 그래요." 내가 말했다.

"그렇긴 합니다. 성생님. 대충은 기술입니다." 기술이 말했다.

"서글픈 테크닉이지요. 정확성을 부정하는 방식입니다." 내가 말했다.

"우리는 정확할 수 있을까요?" 정확이 정확하게 말했다.

"잘은 모르지만 그건 아마 거짓말일 거외다. 자기 위안 같은 거. 근사치를 그렇게 부르는 거 아니겠소." 내가 말했다.

"근사치, 사치, 찰스 사치, 양아치 뭐 그런 거군요." 양아치가 말했다.

"찰스 사치는 뭐지요?" 내가 말했다.

"영국의 미술품 콜렉터랍니다. 제 기준으로는 근사한 사기꾼 같은데요." 사기꾼이 말했다.

"근사하면 된 거외다. 뭐든지, 누구든지. 언제든지. 자신을 찐이라 믿는 자는 자기에게 찐으로 속는 거지요." 내가 말했다.

"찐이라는 말도 쓰시네요. 시인이." 찐이 말했다.

"주워다 물티슈로 닦아서 씁니다. 어차피 다 그런 거외다. 빌려 쓰는 거지요. 주워 쓰는 거지요. 훔쳐 쓰는 거지요. 표절처럼 정직한 건 없지요." 내가 말했다.

"격합니다. 성생님. 조금 멋있긴 하지만." 격합니다가 말했다.

"이번 주 '한국인의 노래' 7회의 주인공은 부산 진구 15번 마을버스를 운행하는 노총각 버스 기사 윤성기입니다. 17년간 전답을 팔아 음반을 내고, 온갖 직업을 거쳐가며 가수가 되기 위해 노력했지만 결국 꿈을 접고 귀향해 마을버스를 몰고 있습니다. 노래에 대한 끝없는 짝사랑, 어머니에 대한 미안함과 사랑을 담아 부른 윤성기의 고맙소. 감동적인 노래를 만나봅시다." 내가 말했다.

"뭡니까요? 뜬금없이." 뜬금이 말했다.

"페이스북입니다." 내가 말했다.

"인생이군요. 감동." 감동이 말했다.

"근사치 감동일 겁니다." 내가 말했다.

"제가 성생님 시를 읽었어요. 누가 카페에 가져다 났더라구요. 제가 성생님 시 팬입니다." 팬이 말했다.

"나는 팬이 없습니다." 내가 말했다.

"성생님은 잘 쓰지 않으려고 많이 참더라구요. 그 애씀이 좋습니다." 애씀이 말했다.

"갑자기 예가체프가 마시고 싶소이다." 내가 말했다.

"금방 돌아오겠습니다." 금방이 말하면서 커피를 가지러 갔다. 페이스북에서 방금 빠져나온 듯한 주인남의 뒷모습과 걸음걸이가 페루의 밝은 적막감을 휘젓는다.

부스럭대는 소리와 덜그럭 거리는 소리를 내면서 한참 후 주인남이 커피 두 잔을 받쳐 들고 왔다. 저도 커피 한 잔 하렵니다. 한 잔은 내 앞으로 한 잔은 자기 앞에 놓으며 주인남이 말했다. 진하고 깊은 커피향이 코끝에 와 멈춘다. 후각이 관능적으로 반응한다. 이 비에 거미는 어떻게 지내는지 궁금하외다. 내가 말했다. 거미가 누굽니까? 거미가 말했다. 항구를 떠도는 길고양인데 내가 이름을 그렇게 지어서 부르지요. 내가 말했다. 고양이 좋아하세요? 고양이가 말했다. 그런 건 아닙니다. 내가 말했다. 페루에도 지나가는 고양이들이 가끔 찾아오는데 나는 다 쫓아버립니다. 귀찮아요. 페루가 말했다. 그렇군요. 내가 말했다. 집사노릇이 귀찮은 게 아니라 그들과 맺는 관계가 걸리적거립니다. 관계가 말했다. 항구에서 마주친 고양이가 구면이어서 이름을 붙여줬습니다. 내가 말했다. 자기 이름을 부르면 오던가요? 이름이 말했다. 오지 않았어요. 내가 말했다. 녀석들은 그런 놈들입니다. 세계고양이의 날도 있더군요. 하긴 뭐는 없겠어요. 저분 오랜만에 오셨네. 저 사람 아시잖아요. 전직 교수이자 시인. 주인남이 가리키는 창밖으로 눈길을 돌리고 초점을 잡았다. 항구 옆 늘 그 자리 파라솔 밑에 준의 등이 보인다. 오늘은 혼자가 아니다. 준의 맞은편에 여자가 앉아 있다. 준은 회색 티셔츠 차림이고 여자는 흰색 남방셔츠를 입었다. 테이블 가운데는 음료수가 담긴 빨간색 컵이 보인다. 파라솔 끝으로 빗방울이 고여서 떨어져 내린다. 롱 테이크로 잡힌 장면이 하염없다. 저분들한테 가보지 않으시겠어요? 주인남이 말했다. 오늘은 왠지 여기 앉아 있고 싶소이다. 내가 리듬도 억양도 없이 말했다. 저 분들 서로 아는 사인가요? 아는 사이가 말했다. 여자분은 누군지 모르겠소이다. 전에 저기에 준과 같이 있을 때 두 번인가 지나갔던 여자가 있는데 저 여자가 그 여자인지 여기서는 확인할 수 없군요. 내가 말했다. 여자는 63세쯤 되어 보였고, 깔끔하고 나름 우아한 차림이었지만 알 수 없는 말을 던졌다오. 준을 보고 엄마라고 부르면 용서해주겠다는 말도 했다오. 내가 이어서 말했다. 연극적인 발언입니다. 아니면 정신분열증적이고요. 연극이 말했다. 먼 눈으로 보자면 아주 평화롭소이다. 내가 말했다. 준이라는 분도 평화주의자로 알려져 있잖아요. 평화주의자가 말했다. 나는 그런 세평은 믿어본 적이 없소. 사람은 믿고 싶은 것만 골라서 믿는 게 아니겠소. 내가 말했다. 성생님, 요새도 시 쓰세요? 시가 말했다. 요새는 쓰지 않습니다. 그만 두고 싶소이다. 내가 말했다. 직업적 권태인가요. 권태가 말했다. 쓰지 않음으로써 쓰기를 완성하고 싶은 열망이지요. 내가 말했다. 시인들은 신기해요. 쓰고 또 쓰고 뭘 그렇게 쓸거리가 많은지 놀랍다니까요. 쓸거리가 말했다. 쓸거리가 있어서 쓰는 건 아닐 거외다. 내가 약간 하이톤으로 말했다. 그반댈지도 모르겠소. 내 기준이지만. 쓸거리가 없다는 사실을 확인하는 시쓰기. 그것만이 돌이킬 수 없는 시적 진실이외다. 어쩔 수 없이 내가 말했다. 말장난으로 들립니다. 말장난이 말했다. 그럴지도 모르겠소이다. 내가 말했다. 시는 많이 읽으십니까? 많이가 말했다. 그렇지 않습니다. 내가 말했다. 무슨 뜻입니까? 읽지 않는다는 말입니다. 내가 말했다. 시인이 시를 읽지 않으면 누가 읽어야 합니까? 누가 말했다. 내가 규정할 문제는 아니외다. 시를 쓴 사람이 자기 시를 읽을 겁니다. 내가 그렇게 말했다. 자기가 쓰고 자기가 읽는다? 자기가 말했다. 그게 정답입니다. 다른 이의가 있을 수 없습니다. 내가 말했다. 이른바 대환장 파티가 따로 없네요. 대환장이 말했다. 바로 그거외다. 그거. 내가 말했다. 시쓰기가 그렇다는 말인가요? 성생님. 시쓰기가 말했다. 그게 아니라 자기가 쓰고 자기가 읽는 상황을 가리키는 팔자소관이외다. 내가 말했다. 드셔보세요. 주인장이 커피를 권하면서 자기의 커피잔을 들어서 입으로 가져갔다. 나도 따라서 했다. 좋군요. 특별한 맛입니다. 페루에서만 느낄 수 있는 커핍니다. 내가 말했다.

"성생님, 이거 소설입니까?" 소설이 말했다.

"이거라니요?" 내가 말했다.

"지금 우리가 담겨 출렁대는 이 글 말입니다." 글이 말했다.

"그러게요. 그건 나도 뭐라고 말하기가 난감하외다. 내가 읽은 소설들과는 많이 다르고, 내가 읽고 싶은 소설들과는 가까이 있다고 말해도 되겠소?"내가 말했다.

"영광입니다. 제가 성생님 소설 속에 등장하다니요."영광이 말했다.

"다들 삶의 미열을 견디는 거디요."내가 말했다.

"지젝이 길거리에서 햄버거를 먹으면서 걸어가는 영상을 봤습니다. 행인들이 그 세계적인 철학자를 아무도 쳐다보지 않더라는 말이지요."지젝이 말했다.

"왜 그 말을 하는 거디요?"내가 말했다.

"그냥 이 대목에서 생각이 떠올랐지 뭡니까."뭡니까가 말했다.

"나도 길가면서 누구의 눈치도 안 보면서 햄버거 뜯어먹고 싶소."내가 말했다.

"지젝처럼 해보고 싶으시구나."해보고 싶으시구나가 미소 지으며 말했다.

"나는 지젝이 아닙니다요."내가 말했다.

"이 소설은 언제쯤 출판됩니까?"출판이 말했다.

"지금 사장님 눈앞에서 출판되고 있는 중이오."내가 말했다.

"책 나오면 페루에서 북콘서트 하시지요. 페루 3층이 좋습

237

니다."북콘서트가 말했다.

"북콘서트는 뭐하는 겁니까?"내가 말했다.

"작가와의 대화지요. 북을 위로하는 굿이라고나 할까요. 소설 제목은 뭡니까요?"소설 제목이 말했다.

"아직 정하지 않았소."내가 말했다.

"페루는 어떻습니까? 페루. 독자를 속이기도 좋고."페루가 말했다.

"괜찮군요. 로맹 가리 팬인가요?"내가 말했다.

"저는 에밀 아자르 쪽입니다. 우한 폐렴 끝나면 그리로 이민 갈 겁니다."에밀 아자르가 말했다.

"너무 먼 데."내가 말했다.

"차라리 먼 데가 좋습니다. 같이 가실래요?"차라리가 말했다.

"나랑은 사주가 안 맞는 거 같아요. 나는 발음감이 좋은 데가 좋습니다. 부에노스아이레스, 리스본, 바그다드, 북만주."내가 말했다.

"저 분들 안 보이네요. 준이라는 전직 교수와 그 옆에 앉았던 여자 분."저 분들이 말했다.

"제가 잠깐 내려갔다 오겠습니다. 계세요."그렇게 말하고 주인남은 카페 계단을 후다닥 내려갔다. 한참 후에 주인남이 돌아와서 하는 말. 그런 사람 없었답니다. 주인남이 허무한 눈빛으로 말했다. 나는 상체를 젖히고 별 의미를 두지 않고 듣기만 했다. 우리가 본 게 뭘까요? 주인남이 말했다. 본래 그 자리에 아무것도 없었는데 우리가 보고 싶은 환영을 그려 넣었던 건 아닐까요. 내가 말했다. 이거 무슨 영화 같습니다. 주인남.

여느 날처럼 나는 산책길에 나섰다.

길게 오던 비도 잠깐 멈추었다. 걷기에 불만이 없는 날이다.

여름은 8월의 한가운데를 지나간다.

오늘은 어디를 걷게 될까. 이발관 앞을 지나가면 머리를 자르고 싶을지도 모른다. 늦게 핀 능소화는 아직 개화중일 것이다. 점집들이 다닥다닥 붙어 있는 골목을 지나가면 점사를 보고 싶을지도 모른다. 무당은 묻는다. 어떻게 오셨어요? 제가 노벨문학상을 탈 수 있을지 궁금합니다. 지금 시간은 열 시. 하루가 시작되었다는 징표는 여러 곳에서 자리를 잡고 있다. 전철역으로 향하는 사람들의 행렬이 뜸해졌다는 것도 그 예가 된다. 나는 지금 아파트 앞 큰길 건널목에 서 있다. 전에 무단횡단을 하다가 경찰에게 붙잡혔던 그곳이다. 정년이 일년 남았다던 그 경찰은 잘 지내고 있을까. 신호가 바뀌면서 나는 건널목을 건넜다.

도로변에 흰색 승용차 한 대가 정거해 있다. 시동이 걸려 있고 운전자는 없다. 새 차였고 차종은 렉서스였다. 지나가면서 슬쩍 차 안을 들여다보았다. 몇 걸음 가다가 나는 돌아와서 차의 문을 열었다. 운전자가 잠깐 볼일 보러 간 모양이다. 나는 운전석에 앉아서 가속기를 밟았다. 백미러에는 표정이 일그러진 젊은 남자가 달려오며 손을 휘저으며 고함쳤다. 서라. 이 놈아, 차 도둑이야. 시발 로마. 차는 부드럽게 앞으로 전진했다. 나는 가속기를 더 세게 밟고 우회전 깜빡이를 넣었다. 미안하다. 잠시만 빌리고 돌려준다. 걱정 마시라. 나는 이런 똥차에 관심 없다. 차는 짧은 시간에 동부간선도로를 거쳐 강변북로에 올랐다. 점심 무렵이면 항구에 도착할 것이다. 그 전에 나는 경찰의 추격에 붙잡힐지도 모른다. 나도 이렇게 될 줄은 몰랐다. 렉서스는 부드럽게 나아갔다. 꿈 속에서 훔친 차의 가속기를 그윽하게 밟으면서 나는 중얼거렸다.

꿈이었구나.

그러나 더 달려보자.

항구에서 돌아온 뒤 나는 며칠을 잠만 잤다.

읽지도 않고 쓰지도 않았다.

잡생각 한 줄 없이 잠 속에서 여러 날을 보냈다.

그리고 아무 생각도 하지 않았다. 생각 없이 산다는 건 의외로 우아하고 위대한 일이다. 생각을 버린다든가 생각으로부터 달아나는 일은 더 그렇다. 나는 사천항에서 돌아온 그 며칠간 언어도 문자도 없이 살았다. 레이먼드 챈들러의 소설은 읽은 부분과 읽지 않은 부분을 푸른색 가름끈이 분명하게 갈라놓고 있다. 지나간 시간과 오지 않은 시간에도 가름끈이 드리워졌다. 소설은 읽어가야 할 페이지가 두툼하게 남아 있지만 내가 살아갈 시간은 턱없이 줄어들었다. 커피잔에 줄어든 커피를 바라보듯이 나는 별 생각 없이 내 삶을 들여다본다. 내가 나 자신에 대해 생각하는 것은 아무래도 시간 낭비다. 아무 옷이나 걸치고, 아무 신발이나 신고, 아무런 포즈 없이 밤산책에 나서듯이 살았다. 아무래도 좋았다. 다시 말해 어떻게 되어야 하는 계획 같은 것이 없어서 좋았다. 나는 이런 나를 대견하게 여긴다. 휴대폰이 울린다. 나에게 걸려올 전화가 아직 남아 있다니! 모르는 번호다. 모르는 번호를 받아서 재미 본 적이 없다. 받을까 말까. 망설이는 사이 나는 이미 전화를 받고 있다. 여보세요.

"박세현 성생님이지요?" 오십대 여자만이 낼 수 있는 정돈된 목소리의 울림이다. 깊고 차분하다. 까다롭고 현실적이다. 정 같은 것에 물들지 않을 목소리다. 비현실성의 결이 묻어나는 목청이다.

"누구신지요?" 내가 말했다.

"잘 지내시나요?" 잘이 물었다.

"나를 견디고 있습니다." 내가 말했다.

"페루에 같이 가실래요?" 페루가 말했다.

작가의 말

나는 왜 이런 뜬금없는 소설을 쓰게 되었을까.

왜 이런 말도 안 되는 글을 산문소설이라는 박스에 집어넣었을까.

소설이라고 했지만 소설이 되기는 되는 건가. 어디다 물어야 하나. 소설이면 어떻고 아니면 어떤가. 이 글이 어떤 위치에 있는지는 궁금하지 않다. 나의 관심은 우리가 리얼리티라고 부르는 것에 대한 지속적인 의심이다. 꿈이 있고 생시가 있다는 개념과 설정 자체를 나는 받아들이지 않는다. 꿈이야말로 생시이고 생시라고 믿는 환타지야말로 한 편의 꿈일 것이다.

이 소설 속 등장인물 나는 물론 나다. 이런 고백은 너무 소박하고 쓸쓸한 이해가 아니던가. 나라고 말했지만 그게 어떻게 나일 수 있겠는가. 나라고 말하고 싶어도 그는 내가 아닌 나의 파편이자 문자적 나일 뿐이다. 나라고 불린 그는 언제나 나이면서 언제나 나는 아닌 것. 물론 나도 내가 나라고 굳게 믿고, 굳게 속으면서 산다. 이런 문제를 염두에 두면서 현실을 현실처럼, 허구를 허구처럼 썼다. 현실을 허구처럼, 허구를 현실처럼 썼다는 말이 더 맞을지 모르겠다.

　나는 소설을 쓰고 싶었고, 그 희망을 실천에 옮겼다.
　위에 쓴 문장은 나의 속사정과는 거리가 멀다. 앞으로는 모르겠지만 '작가의 말'을 작성하고 있는 지금까지는 그렇다. 소설을 쓰는 일에는 관심도 역량도 없다. 소설이라는 장르에는 그렇다는 뜻이다. 이미 나는 소설을 충분히 살고 있을 뿐이다. 소설을 다시 소설로 복사하는 일은 재미가 없다. 소설에 대한 나의 교양적 태도가 그러하다. 이걸 소설이라고 썼단 말인가. 뻔뻔하군. 누가 이런 말을 해준다면 그것은 언필칭 '이 글쓰기'에 대한 최대의 찬사가 될 것이다. 잠깐 소설이라는 형식에 몸을 기대보았을 뿐. 내가 할 수 있는 책임있는 변명은 '아님 말고'까지다. 이건 내 생각이기보다 내가 읽은 하라카미 무루키의 소설론에 대한 일말의 왜곡이기도 하다. 불가피하거나 불가피함을 가장한!

강릉 사천항에서 만났던 준, 항구를 떠돌던 정체불명의 여자, 홈리스 차이, 정소설가, 양병집 닮은 버스커, 카페 페루의 주인과 알바녀, 요양원에서 근무하시는 1928년생 아버지에게 참아지지 않는 필자의 감사를 표한다. 어려운 사정에도 원고의 일부를 실어준 계간 『동안』 편집진과 책을 인쇄해준 출판사에 감사드린다. 꾸벅. 끝으로 매일 아침 잊지 않고 불암산을 넘어와 나의 허름한 정신과 창문을 밝혀준 태양 선생에게 심심한 감사의 말을 타이핑한다. 이 글의 유일한 독자인 나에게도!

2021년 4월 벚꽃 휘날리는 날
박세현

페루에 가실래요?

ⓒ박세현, 2021

1판 1쇄 인쇄__2021년 06월 20일
1판 1쇄 발행__2021년 06월 30일

지은이__박세현
펴낸이__양정섭

펴낸곳__예서
　　　　등록__제2019-000020호

제작·공급__경진출판
　　　　사업장주소__서울특별시 금천구 시흥대로 57길 17(시흥동) 영광빌딩 203호
　　　　전화__070-7550-7776　팩스__02-806-7282
　　　　홈페이지__http://https://mykyungjin.tistory.com
　　　　이메일__mykyungjin@daum.com

값 12,000원
ISBN 979-11-968508-6-9 03810